KAI FLAMMERSFELD

UND DIE WAHNNACHT DER WOLFIRE

Band 4

HAGEN RÖHRIG

Für den echten Kai.

INHALT

1

FLUCHT

Zu Spät! Viel zu spät!

Seine Hände teilten das Dickicht. Die feinen Regentropfen, die an den Blättern und Zweigen klebten, perlten an seiner Haut ab. Immer wieder sah er sich um. Eigentlich konnten sie noch nicht so weit sein, dachte er. Und dennoch erwartete er hinter jedem Baum ihre wütenden Gesichter.

Er war viel zu spät dran! *So ein Mist!* Aber er konnte nicht früher weg. Die anderen hätten es sonst gleich bemerkt. So hatte er zumindest einen Vorsprung.

Ob sein Freund auf ihn warten würde?

Bitte, bitte ... Sei noch da. Wir haben uns geirrt!

Er machte einen Satz und sprang über einen Baumstumpf.

Ach, wenn er doch nur die Zeit gehabt hätte, herauszufinden, wo diejenigen mit dem zweiten Schlüssel waren.

Der Wind zerzauste sein Haar und es klang fast, als flüsterte er seinen Namen.

Er rannte schneller.

Der Sturm fegte durch den Wald und riss Blätter und Zweige mit sich.

Nur noch ein wenig mehr Zeit. Ein wenig mehr Zeit und er hätte seinem Freund genau sagen können, wo er nach dem zweiten Schlüssel suchen musste. Aber immerhin! Ein feines, triumphierendes Lächeln huschte über sein Gesicht. Immerhin! Er konnte ihn nah genug heranführen.

Ja, in gewisser Weise bewunderte er die Riege, das musste er zugeben. Wie sie es geschafft hatten, dieses Mädchen dort hinzuschaffen.

Auch das musste er seinem Freund berichten. Und die Sache mit dem Vampir, der in der Zelle saß! Ganz bestimmt würden sich die anderen Vampire dafür interessieren. Er wusste ja, dass sie nach ihm und dem Menschenmädchen suchten. Endlich war die Gelegenheit gekommen, auf die er und seine Mitstreiter so lange gewartet hatten. Die Gelegenheit, eine Brücke zu den Vampiren zu schlagen. Einander wieder näher zu kommen; alten Zwist zu überwinden. Sich neu kennenzulernen. Endlich war die Zeit gekommen!

Irgendwo in der Nähe knackte ein Ast.

Ängstlich blickte er sich um und rannte dann noch schneller.

Der Wind heulte in den Baumkronen.

Schweiß lief ihm ins Auge. Ausgerechnet in das, welches ohnehin noch schmerzte. Es brannte fürchterlich. Er fuhr mit dem Ärmel vorsichtig über sein Gesicht und wischte den Schweiß ab. Verdammt, wie das brannte!

Er stockte. Überall um ihn herum knackte und knisterte es. War es der Sturm? Oder ...

Konnten sie wirklich schon so nah sein? Eigentlich unmöglich ...

Er spürte einen dumpfen Schlag gegen den Kopf. Das warme Blut rann über seinen Schädel und den Hals hinunter. Ihm wurde schlecht. Gorx taumelte – und brach röchelnd zusammen.

2

DIE ERSCHEINUNG – 21. TAG NACH DEM BISS

Kai streifte seinen Pulli über und trat ans Fenster. Was für eine Nacht!, dachte er und sah hinaus in die sturmgepeitschte Dunkelheit. Der Wind pfiff um das Haus, zerrte an den Bäumen und fegte über das Gras. Am Horizont tobte ein Wetterleuchten, wie er es noch nie gesehen hatte. Unter normalen Umständen würde er in einer solchen Nacht niemals auch nur einen Fuß nach draußen setzen. Aber die Umstände waren nicht normal. Seit zwei Tagen war er nun bereits wieder menschlich und kein Vampir mehr. Und seit zwei Tagen war nichts geschehen. Keine Nachricht vom Fledermaus-Geheimdienst. Keine Nachricht von Fledermaus Jette oder dem Top-Spion, der Schabe Sebastian. Keine Nachricht, wo seine beste Freundin Sandra war. Stattdessen nagte das fürchterliche Gefühl an ihm, dass die Zeit verrann. Zeit, die er nicht hatte. Noch waren es nur seine Augen und Ohren, die sich langsam veränderten und ihre vampirischen Eigenschaften verloren. Gestern noch hatte er in der Dunkelheit alles farbig sehen können. Aber als er heute Abend die Augen aufgeschlagen hatte, war alles schwarz-weiß gewesen.

Doch wie lange noch, bis sich sein Wesen verändern würde? Er hatte es zwar geschafft, wieder ein Mensch zu werden, besaß aber nun kein Spiegelbild mehr. Nur ein Mensch konnte Sandra finden, soviel wussten sie, und nur deshalb hatte er die Rückverwandlung ohne Spiegelbild auf sich genommen, auch wenn dies furchtbare Folgen für ihn hatte. Er erinnerte sich daran, was ihm das Buch „Alltagstipps für Vampire – die 100 besten Rezepte“ prophezeit hatte. Nach einiger Zeit als Mensch ohne Spiegelbild würde er sich in eine erbarmungswürdige Kreatur verwandeln. Zu einer Hülle ohne menschliche Regungen. Zu einem leidenden, traurigen Etwas in Menschengestalt.

Kai atmete schwer aus.

Hoffentlich hatte sein Spiegel-Ich, das zu Hause bei seinen Eltern wohnte und für ihn zur Schule ging, während er als Vampir bei seiner Oma, der Tagvampirin, eingezogen war, noch nicht begonnen, sich zu verändern. Bisher hatte er nichts Gegenteiliges gehört und das ließ ihn hoffen.

Er sah auf seine Armbanduhr. Wollte Jette nicht schon längst hier sein? Seltsam ...

Er senkte den Arm und blickte wieder aus dem Fenster. Das Wetterleuchten zuckte wild über den Himmel und die schweren Wolken rasten dahin.

In einer Stunde waren sie mit Torkel Bierström auf der Messe für Spaltspiegelbesitzer verabredet. Jette hatte den Kontakt hergestellt und gesagt, dass er vielleicht helfen könne, Sandras Aufenthaltsort herauszufinden, nachdem sie vor einigen Tagen im Spaltspiegel verschwunden war. Bei dem Gedanken daran kribbelte es in seinem Körper.

Und dann erst fiel es ihm auf.

Er kniff die Augen zusammen, ging näher an die Fensterscheibe heran und sah angestrengt hinaus.

Nein, er hatte sich nicht getäuscht.

Nur ...

Er rieb sich die Augen und ging mit dem Gesicht so nah an die Scheibe, dass seine Nase fast das Glas berührte.

Dort unten war etwas. An einem Baumstamm.

Da war ein Gesicht. Die großen, runden Augen sahen zu ihm herauf.

Und ...

Kai schluckte. Er wartete, bis das Wetterleuchten abermals die Nacht erhellte, dann war er sich sicher. Er sah eine Hand, die auf dem Stamm lag. Eine Hand mit langen, dünnen Fingern. Und ein Bein. Mehr nicht!

Er zuckte zurück und wandte den Blick ab.

Wie konnte das sein? So etwas war gar nicht möglich.

Er hauchte gegen die Scheibe und wischte mit dem Ärmel darüber, so als wolle er störenden Staub wegwischen. Er rieb über das Glas, obwohl er natürlich genau wusste, dass dies nichts ändern würde. Dann sah er wieder zum Waldrand.

Ein Gesicht, eine Hand, ein Bein.

Wo war der Rest des Körpers?

Da! Nun schien dieses Etwas, was immer es auch war, ihn hinter dem Fenster entdeckt zu haben. Es neigte den Kopf zu Seite und starrte ihn an.

Und dann war es plötzlich weg. Verschwunden. Einfach so.

Kai schoss das Blut in den Kopf. Sein Atem ging schnell und beschlug die Scheibe. Hatten ihm seine Augen einen Streich gespielt? Er spähte zu den Bäumen, doch dort war nichts mehr.

Plötzlich saß etwas Dickes, Schwarzes vor ihm auf dem Fensterbrett und klopfte von außen gegen die Scheibe.

Kai schrie auf und zuckte zurück.

„Hallo, hallo!", krächzte es und pochte gegen das Glas. „Würdest du wohl die Freundlichkeit besitzen, mich reinzulassen? Oder soll ich hier als lebendes Windspiel enden?"

„Kurt!" Kai schlug die Hand vor den Mund. Der Rabe war kaum wiederzuerkennen. Wie eine große Federkugel hockte er zusammengekauert auf der Fensterbank. Der Wind schubste ihn von einer Seite zur anderen und zerrte so sehr am Gefieder, als wolle er dem Raben jede Feder einzeln ausreißen.

Kai öffnete das Fenster und sofort wirbelten kräftige Böen durch den Raum. Kurt duckte sich unter dem Sturm und stakste über den Fensterrahmen ins Zimmer.

„Entschuldige!" Kai stemmte das Fenster gegen den Wind und drückte es ins Schloss zurück. „Ich hab dich gar nicht gesehen."

Kurt schüttelte sich und legte die Federn eng an den Körper. „Das ist aber auch ein Wetterchen heute, was?" Er streckte Flügel und Beine aus und dehnte sie. „Da scheucht man ja eigentlich keinen Hund vor die Tür."

„Stimmt." Kai sah noch einmal zum Waldrand und wandte sich dann dem Raben zu. „Der Flug war bestimmt anstrengend, oder?"

„Das will ich meinen! Mit Verlaub: Ich habe da eine

fliegerische Glanzleistung hingelegt! Davon zwitschert Morgen die ganze Vogelwelt." Er schüttelte sich abermals. „Ich bin sehr gespannt, ob Jette es bis hierher schafft."

Kai ging zum Sofa und nahm seinen Vampirumhang von einem riesigen Stapel Klamotten. „Vielleicht ist sie schon hier. Wir können ja mal runter ins Wohnzimmer gehen", schlug er vor und warf den Umhang über die Schultern. „Meinst du, wir schaffen den Flug zur Messe bei dem Sturm? Ist ja schon ein Stück bis zu diesem Friedhof."

„Ach, ich bitte dich. Sind wir Profis oder sind wir Profis?" Kurt flatterte auf Kais Schulter. „Ich werde euch selbstverständlich mit meiner Erfahrung zur Seite stehen."

„Danke, Kurt. Zu gütig!" Kai grinste ihm zu und ging zur Zimmertür. „Bist halt doch ein wahrer Freund." Er kraulte den Kopf des Raben und stiefelte die Stufen zum Wohnzimmer hinunter.

3

DIE MESSE DER SPALTSPIEGELBESITZER

Als Kai und Kurt das Wohnzimmer betraten, winkte ihnen ein Teil der Vampirfamilie von Greifendorf entgegen, während Kais Großmutter gerade einen Vampirumhang in den Händen hielt.

„Und der ist wirklich für mich?" Ihre Augen glänzten.

„Aber natürlich, meine Liebe", sagte Opa Gismo von Greifendorf. „Wir haben in den letzten Nächten so viel Fliegen geübt, den hast du dir redlich verdient."

„Giiismo, du Charmeuuur ..." Die Großmutter lächelte ihn an und blickte beinah schüchtern zur Seite. „Die Landungen auf dem Fenstersims haben aber noch nicht so gut geklappt, finde ich."

„Das ist normal, Geysira", tröstete Opa Gismos Schwiegersohn Gottfried von Greifendorf. „Aber keine Sorge, das kommt mit der Zeit."

„Im Grunde ist es ohnehin deiner, Geysira", flötete seine Frau Gesine. „Sieh mal die Stickerei hier." Sie zeigte auf den Kragen des Umhangs, wo in schimmerndem Schwarz die Buchstaben „GvG" prangten. „Geysira von

Greifendorf. Deine Initialien. Von dir höchstpersönlich in einer nächtlichen Handarbeitssitzung gestickt."

„Ach!" Die Großmutter fuhr mit dem Zeigefinger über die Buchstaben. Sie hatte erst vor einigen Tagen erfahren, dass sie die verschollen geglaubte Tante der von Greifendorfs und eine Tagvampirin war. Stolz legte sie sich den Umhang über die Schultern. „Auf jeden Fall danke ich euch." Und mit Blick auf Opa Gismo fügte sie hinzu: „Nun musst du mich auch nicht mehr tragen, wenn wir ausfliegen, mein lieber Gismo."

„War mir stets ein Vergnügen", sagte er und machte mit einer ausholenden Armbewegung einen tiefen Diener.

„Sagt mal, ist Jette noch gar nicht aufgetaucht?" Kai sah sich um und tastete mit den Blicken den Kronleuchter ab.

„Jette? Nein, die ist nicht da." Gutta, die Tochter der von Greifendorfs, kam gerade aus der Küche und hielt eine Tasse Bluttee in der Hand. Ihre Brüder Gangolf und Gerrith betraten hinter ihr den Raum. „Ich glaube, sie ist bereits auf ihrem nächsten Einsatz, weiter nördlich. War es nicht so?", wandte Gutta sich an ihre Geschwister.

„Doch, doch, sie hat gestern so etwas gesagt." Gerrith nickte.

„Na, hoffentlich finden wir dann diesen Torkel Bierström." Kai blickte die anderen an.

„Keine Sorge, Jette hat alles organisiert." Gutta legte die Hand auf Kais Schulter.

„Wir haben ungeheures Glück", sagte Gesine von Greifendorf. „Wenn nicht gerade diese Messe wäre, dann hätten wir Torkel vielleicht gar nicht ausfindig machen können."

„Wieso das?", fragte Kai.

„Wieso?" Sie kam auf Kai zu und strich Kurt, der auf Kais Schulter saß, über den Kopf. „Torkel ist üblicherweise unterwegs. Sehr viel unterwegs. Er und Renatus sind gut befreundet und machen gemeinsam viele Forschungsreisen. Weiß der Teufel, wohin wir hätten fliegen müssen, um ihn zu treffen."

Renatus! Ein Gefühl des Bedauerns breitete sich in Kai aus, als er den Namen des weisen Vampirs hörte. Die Vampirjäger Wieland von Wünschelsgrund und Rufus Wankelmann hatten dessen Bruder Bronchius in ihrer Gewalt und erpressten den armen Renatus.

„Wo ist Renatus eigentlich?", fragte er.

„Hm, tja." Der Vampirvater, Gottfried von Greifendorf, legte die Stirn in Falten. „Keine Ahnung. Er ist wie vom Erdboden verschluckt. Niemand weiß, wo er sich aufhält. In seinem Turm, dem *Schiefen Finger,* ist er jedenfalls nicht, soviel ist sicher."

„Wenn es jemanden außer Renatus gibt, der uns etwas darüber sagen kann, wohin Sandra gekommen ist, als sie durch den Spaltspiegel gezogen wurde, dann ist es Torkel", meinte Opa Gismo zuversichtlich. „Früher hatte er sogar selbst mal einen dieser Spiegel!"

„Hoffentlich hast du recht." Kai ließ die Hand in die Tasche seines Umhanges gleiten und holte die Schale mit den Petriwürmern heraus, die Renatus Sandra geschenkt hatte, als sie beim *Schiefen Finger* gewesen waren. Die kleinen Würmer konnten Botschaften übermitteln. Sie wuselten in ihrer Schale und formten dann ein schwach leuchtendes „Hallo!"

„Wir schaffen das, Kai!" Seine Oma trat neben ihn

und legte den Arm um seine Schulter. „Wir werden Sandra retten. Und dich auch."

Kai schluckte. Seine Großmutter sprach mit fester Stimme. Sie klang so überzeugt, als gäbe es die Möglichkeit gar nicht, dass ihnen die Zeit davonlief.

„Selbstverständlich werden wir das." Kurt nickte. „Schon mein Vetter Snorre, der ein Papageientaucher war, hat immer gesagt: ‚Nichts ist verloren, bis es verloren ist!'"

„Ach, Kurt!" Gangolf verdrehte belustigt die Augen.

„Wer hat denn Jettes Nachricht eingesteckt?", fragte die Vampirmutter, Gesine von Greifendorf.

„Ich glaube, ich habe sie." Gutta kramte in ihrer Umhangtasche und zog etwas daraus hervor, das wie Papyrus aussah. Sie faltete den Zettel auseinander und reichte ihn ihrer Mutter, deren Blicke sogleich über das Papier flogen.

„Ah, richtig. Wir müssen zum Friedhof meiner Muhme Mirja." Sie sah kurz auf und nickte in die Runde. „Ein nettes Plätzchen haben die sich für diese Messe ausgesucht. Doch, doch. Das muss ich schon sagen."

Sie reichte den Zettel an Kai weiter. „Muhme?", fragte er und stockte kurz, als er die Buchstaben auf dem Papyrus sah. Sie schimmerten golden, als ob kleine Lichtpunkte in der Tinte leuchteten.

„Muhme bedeutet Tante", schnaufte die Vampirin und schüttelte den Kopf. „Hach, wie ist es nur um eure Bildung bestellt!"

„Das ist ja witzig", krächzte Kurt und hüpfte aufgeregt auf Kais Schulter herum. „Ich hatte auch mal eine Tan... äh, Muhme Mirja!"

„Wirklich?", fragte die Vampirmutter interessiert.

„Ja, sie war Lehrerin für ausdrucksstarkes Kunstfliegen an der Rabenschule!"

„Ach was!" Gesine sah den Raben mit großen Augen an.

Opa Gismo lachte. „So so. Nachdem wir das also geklärt haben ... Wollen wir aufbrechen? Die Spaltspiegelmesse hat bereits begonnen. Und bis zu diesem Muhmenfriedhof" und hier malte er mit den Zeige- und Mittelfingern Anführungszeichen in die Luft, „fliegen wir ein Weilchen." Er knöpfte seinen Umhang zu, hob ein kleines Stück vom Boden ab und während er durch die offene Terrassentür nach draußen schwebte, rief er: „Die Nacht ist jung und wir haben noch viel vor. Kommt!"

Als sie auf dem Friedhof landeten, hatte der Wind deutlich nachgelassen. Nur ab und zu fegten noch vereinzelte Böen über das Land und wirbelten ihre Umhänge durcheinander.

„Einen gar herrlichen guten Abend wünsche ich!" Eine langhaarige Vampirin begrüßte sie mit einem Lächeln, das so breit war, dass die Eckzähne wie kleine Dolche aus ihren Mundwinkeln ragten. „Zur Messe bitte hier entlang!" Sie deutete mit einer ausgreifenden Handbewegung auf eine Gruft, vor der sich eine große Menge Vampire versammelt hatte.

„Danke sehr", säuselte die Vampirmutter und sie reihten sich in die Schlange der Wartenden ein.

„Teufel, ist hier aber viel los." Die Großmutter spähte an den Vampiren vorbei auf den Friedhof und lachte. „Also Gesine, ich glaube, deine Muhme Mirja wird heute keine ruhige Nacht haben."

„Mit Sicherheit wird sie das nicht weiter interessieren, Geysira", sagte die Vampirmutter. „Sie ist eine der wenigen Sterblichen in unserer Familie. Wenn du magst, zeige ich dir nachher ihre Gruft. Nett hat sie es da. Zu schade, dass sie es nicht wirklich würdigen kann, die Arme."

„Umhänge und Taschen, bitte!" Eine durchdringende Stimme unterbrach sie barsch. Ein stämmiger Vampir stand vor ihnen und zeigte mit strenger Miene auf eine kleine Holzkiste.

„Bitte?" Gesine erschrak.

„Um-hän-ge und Tasch-en, bit-te", wiederholte der Vampir betont genervt und pochte mit dem Zeigefinger auf die Holzkiste.

Gesine von Greifendorf zuckte zurück und zog dann ihren Umhang von den Schultern. „Ach so, ja, natürlich ..." Sie zischte ihrem Mann zu: „Bei diesem unhöflichen Ton hab ich ja schon gar keine Lust mehr auf die Messe. Ts!"

„Beruhige dich, Liebes", sagte Gottfried. „Der Mann macht nur seine Arbeit."

„Ja, ja. Aber wie!" Sie schüttelte den Kopf und wollte an dem Kontrolleur vorbeigehen. Doch der streckte den Arm aus und versperrte ihr den Weg.

„Amulette? Ringe? Spitze Gegenstände?"

„Nein."

„Mhm ..." Er musterte sie scharf. „Führen Sie Waffen oder waffenähnliche Gegenstände mit sich?"

Gesine von Greifendorf stützte die Hände in die Hüften. „Hören Sie, Herr Sicherheitsbeauftagter!" Das letzte Wort unterstrich sie durch eine besondere Betonung jeder einzelnen Silbe und eine leicht wippende

Kopfbewegung. „Wir möchten diese Messe besuchen und sie nicht mit einem Arsenal an Waffen auseinandernehmen!“

Der Vampir streckte ihr sofort den Zeigefinger entgegen. „Nicht in diesem Ton, meine Dame, ja!?“

„Was ist denn da vorne los?“, rief ein Vampir genervt von weiter hinten in der Schlange. „Wieso geht es nicht voran?“

„Es herrscht eine erhöhte Sicherheitslage“, meldete der Wachvampir und schob die Kiste mit dem Umhang in etwas, das wie ein aufrecht stehender Sarg aussah, aus dem sogleich ein hohes Piepsen ertönte. „Da müssen wir schon ein wenig genauer hinsehen, wenn Sie wissen, was ich meine!“

„Eine erhöhte Sicherheitslage?“ Opa Gismo streifte seinen Umhang ab und legte ihn in die nächste freie Holzkiste. „Was ist denn los?“

„Wir haben unsere Gründe, glauben Sie mir“, antwortete der Wachvampir und schob auch die Kiste mit Opa Gismos Umhang in den aufrechten Sarg. „Amulette? Ringe? Spitze Gegenstände? Waffenartige Gebilde?“

„Nein.“

„Eventuell Blutkonserven?“

„Blutkonserven?“

„Flüssigkeiten sind nur wohlportioniert in durchsichtigen Behältnissen mit einem Fassungsvermögen von weniger als einhundert Milliliter gestattet, der Herr!“ Der Wachvampir schob sein Gesicht ganz nah an Opa Gismo heran. „Wobei eine zulässige Gesamtmenge von einem Liter nicht überschritten werden darf!“

„Äh, ... so viel Vorrat trage ich nie bei mir.“ Opa

Gismo wich einen Schritt zurück. „Zudem habe ich bereits gefrühstückt."

„Dann bitte hier entlang!" Der Wachposten zeigte auf einen Durchgang, an dessen Seiten und Decke Fledermäuse hingen. Als der Vampirvater und die anderen ebenfalls ihre Umhänge in Kisten gelegt hatten, die in dem Sarg verschwanden, bedeutete der Wachvampir auch ihnen, den Steinbogen zu durchschreiten. „Schön einer nach dem anderen, bitte!"

Kai ging als Letzter durch den Bogen. Als er genau darunter stand, hörte er ein helles: „Anhalten, bitte!" Er stoppte. Die Fledermäuse drehten die Köpfe und richteten die Blicke auf ihn und Kurt. „Ah, ein Mensch", sagte eine leise Stimme.

„Ja, aber ein seltsamer", stellte eine andere fest.

„Interessant. Er hat kein Spiegelbild."

„Hm ..."

„Und der Rabenvogel?"

„Unauffällig."

Die Nasenflügel der Fledermäuse bebten aufgeregt und piepsende Geräusche drangen aus ihren Kehlen, während sie die Köpfe wild hin- und herbewegten und Kai und seinen Freund von oben bis unten musterten.

„In Ordnung. Bitte weitergehen!"

Schlagartig wandten sich die Tiere von Kai und Kurt ab.

„Das war ja komisch", krächzte der Rabe, als sie wieder bei den anderen standen.

„Ich war ja erst zwei Mal auf dieser Messe", sagte Opa Gismo, „und das ist auch schon lange her. Aber so etwas habe ich nicht in Erinnerung."

„Na ja. Hauptsache, wir sind endlich hier." Gesine warf ihren Umhang wieder über und strich ihn glatt.

„Und nun?" Gerrith sah zu einer Gruft, über der ein Banner mit der Aufschrift „Reflektor – die Zeitschrift für den modernen Spaltspiegelbesitzer" gespannt war. Einige Vampire im Schottenrock gingen gerade dort hinein.

„Hier muss doch irgendwo ein Informationsstand sein", murmelte Gutta und duckte sich, als eine Gruppe von Fledermäusen knapp über sie hinweg flatterte. Sie trugen Zettel und kleine Briefumschläge in den Krallen und stoben in alle Richtungen davon. „Aber es ist ja so voll, dass man kaum etwas erkennen kann."

„Guten Abend, die Herrschaften!" Eine kleine, rundliche Vampirin lächelte sie freundlich an. „Sie sehen so aus, als wüssten Sie nicht recht wohin." Sie lachte ein gackerndes, schrilles Lachen und wackelte mit dem Kopf. „Da komme ich ja wohl gerade richtig, was? Gestatten, mein Name ist Praeguntia, ich bin hier für Auskünfte und Orientierung zuständig." Sie zeigte auf ein riesiges, rotes „I", das auf ihrem schwarzen Kleid leuchtete. „Wie kann ich Ihnen denn helfen, hm?"

Kai biss sich auf die Lippe, um nicht zu lachen. Die Vampirin, die sie mit großen, funkelnden Augen ansah, hatte eine unglaubliche Frisur. Ihr Haar war derart hochtoupiert, dass es wie ein Busch auf dem Kopf saß. Eine dicke Spinne hatte sich dort eingenistet und spazierte gerade seelenruhig über dem Ohr Richtung Scheitel, wo Heerscharen von Fliegen das Haupt der Vampirin umschwirrten.

„Also, ... äh, ... wir sind auf der Suche nach jemandem", sagte Kai schließlich.

„Natürlich. Und nach wem, bitte?"

„T... Torkel Bierström." Nun hatte Kai die Totenköpfe entdeckt, die an Praeguntias Ohrläppchen baumelten und deren Augen wie bei einem Halloweenspielzeug aufblinkten.

„Torkel Bierström, ... hm ..." Praeguntia rieb sich das Kinn. „Kenn ich, kenn ich. Aber ich habe ihn heute noch gar nicht gesehen.“ Sie schüttelte den Kopf, sodass die Spinne einige Strähnen nach unten fiel. „Da müssen wir mal zur Infogruft! Kommen Sie, ich führe Sie hin, ja?“ Sie drehte sich schwungvoll um und bahnte mit ihrem massigen Körper eine Schneise durch die Besuchermassen. „Bleiben Sie dicht hinter mir, damit wir uns nicht verlieren!“, rief sie mit erhobener Hand und eilte voraus.

Sie gingen ein Stück geradeaus und bogen dann nach rechts auf einen breiteren Weg ein, an dessen Rändern sich Grüfte aneinanderreihten. Manche davon standen offen, so wie die, an der sie gerade vorbeikamen. Ein Banner mit der Aufschrift „Reinigungsmittel für Spaltspiegel“ war zwischen zwei Wasserspeiern gespannt und lockte zahlreiche Besucher hinein.

„He, Praeguntia! Komm doch mit deinen Freunden zur Vorführung des neuen Glasreinigers! Geht gleich los!“, rief ein Vampir und winkte sie herüber. Doch Praeguntia grinste nur freundlich. „Kann grad nicht, Sven! Ich komm später mal vorbei, ja?“

Ein kleiner Junge zwängte sich zwischen den Besuchern hindurch und pries die Messezeitung an. „Serie mysteriöser Fälle von Spaltspiegelzerstörungen hält an!“, rief er und hielt dabei die Zeitung in die Luft. „Nun auch Diebstahl von zwei Spaltspiegeln! FGD ermittelt!“

„Was, schon wieder?“ Praeguntia entriss ihm eine Zeitung und drückte ihm ein Goldstück in die Hand. „Weiß der Teufel, was da vor sich geht.“

Sie drehte sich zu den Vampireltern. „Das ist nun schon der fünfte zerstörte Spaltspiegel in zwei Tagen. Seltsam, sehr seltsam ...“

„Hat man denn schon einen Verdacht?“, fragte Gesine.

„Nein." Praeguntia schüttelte den Kopf.

„Vielleicht musste Jette deshalb weg", meinte Gutta und sah zu ein paar Vampiren, die es sich auf einer Grünfläche zwischen halbverfallenen Grabsteinen bequem gemacht hatten. Sie lachten, stießen mit goldfarbenen Kelchen an und zeigten einander Broschüren, die sie gesammelt hatten.

„Oh, seht doch mal!" Gerrith zeigte zu einem Stand vor einer Gruft. „Ist das nicht Antonio?"

„Tatsächlich!" Gangolf nickte.

Der Zeremonienvampir unterhielt sich angeregt mit einem Händler, der auf einem Schild „Mutatschutz" anpries. „Unbrauchbare Spaltspiegel-Oberflächen durch Mutatkristalle? Nicht mit unserem neuen Mutatschutz. Wirkt zuverlässig und anhaltend! Versprochen!" stand auf dem Schild.

Antonio nickte ihnen zu, als er sie erkannte.

„Bitte nicht stehenbleiben", rief Praeguntia. „Wir sind gleich da."

Sie bog nach links in einen engen Pfad ein, der zwischen den Grüften verlief. „Eine kleine Abkürzung. Sehen Sie, da vorn wollen wir hin!"

Vor ihnen öffnete sich der Pfad auf einen Platz, der von Laternen beleuchtet wurde. Vampire eilten darüber und warfen lange Schatten, die sie hinter sich herzogen wie weiten, dunklen Stoff.

Praeguntia marschierte zielstrebig auf eine Gruft zu, die auf der gegenüberliegenden Seite des Platzes lag.

„Hallo, Viktoria!", rief sie und eine Vampirin, deren feuerrotes Haar zwar nicht von Fliegen umschwirrt wurde, aber genauso hoch und wild vom Kopf abstand wie das ihre, trat aus der Gruft.

„Liebes!“, rief die Vampirin, die Viktoria hieß und schmunzelte. „Heute hast du aber viel zu tun, was?“

Sie umarmten sich. Die Spinne auf Praeguntias Kopf zuckte zurück, als sie die Haarmähne der anderen Vampirfrau auf sich zukommen sah.

„Ja ja, kann man wohl sagen.“

Praeguntia winkte Kai und die anderen heran.

„Die Herrschaften hier suchen Torkel Bierström.“

„Torkel?“ Viktoria musterte Kai scharf. „Den habe ich vorhin dort drüben am Imbissstand gesehen. Aber wo Torkel jetzt ist, weiß ich gar nicht.“ Viktoria ging kurz in die Gruft und kam mit einer Fledermaus in der Hand zurück. „Wozu haben wir denn unsere freundlichen Helferlein, hm?“, lachte sie und flüsterte dem Tier etwas ins Ohr. Dann warf sie es hoch in die Luft. Die Fledermaus drehte einige kleine Runden über ihren Köpfen und flatterte im Zickzackkurs davon.

„Wenn Sie einen Augenblick warten möchten? Torkel kommt sicher, sobald ihn die Infofledermaus gefunden hat“, sagte sie und zwinkerte den von Greifendorfs zu.

„Nun.“ Praeguntia drehte sich zu Gesine von Greifendorf und strahlte sie an. „Freut mich, dass ich Ihnen helfen konnte. Ich muss weiter. Eine schöne Messe noch!“ Sie hob die Hand, winkte mit wildem Fingerspiel und eilte dann über den Platz davon.

„Eine wirklich nette Person, diese Praeguntia, nicht wahr?“ Gesine sah ihr nach, bis sie die blinkenden Ohrringe nicht mehr sehen konnte.

„Ziemlich wildes Styling“, sagte Kai.

„Habt ihr die Spinne in ihrem Haar gesehen?“ Gerrith musste grinsen.

„Ihre Frisur war vielleicht etwas extravagant, ja", sagte die Vampirmutter.

„Frisur?" Gangolf lachte laut auf. „Das war ein wirrer Haarhaufen, aber keine Frisur, wenn ihr mich fragt."

„Meine Großtante Charlotte hatte mal ein Nest in einer solchen Frisur", sagte Kurt.

„Aber Kurt ..." Der Vampirvater sah den Raben ungläubig an.

„Doch, doch! Ehrlich! Das war die Perücke eines Herzogs. Ist aber schon lange her. War damals Mode."

Gesine klatschte in die Hände. „Ja, ich erinnere mich. Ach herrje, war das stets ein Aufwand mit diesen Perücken. Und wie wir die immer gepudert haben. Weißt du noch, Gottfried? Zum Glück sind diese Zeiten vorbei." Sie blickte zu ihrem Mann, der zustimmend nickte.

„Ha-ähm ... Entschuldigung. Kai Flammersfeld?"

Eine dunkle Stimme ließ sie herumfahren. Gerrith machte dabei vor Schreck einen Satz in die Luft.

„Tut mir leid, ich wollte Sie nicht erschrecken. Torkel. Torkel Bierström." Torkel kam einen Schritt auf sie zu und gab einem nach dem anderen die Hand. „Wir sind verabredet, wenn ich mich nicht irre."

Als er vor Kai stand, hielt er inne und sah ihn mit eindringlichem Blick an. „Du musst Kai sein", sagte er leise. „Der FGD hat mir viel von dir erzählt."

Kai nickte. Der hochgewachsene, hagere Vampir, der vor ihm stand, war ihm auf Anhieb sympathisch. Die Haare standen kraus vom Kopf ab und erinnerten Kai an das Bild des Wissenschaftlers, das er einmal in seinem Zimmer hängen gehabt hatte und auf dem ein weißhaariger Mann abgebildet war, der dem Betrachter die Zunge herausstreckte. Aus dem mit tiefen Falten durchzogenen Gesicht blickten zwei freundliche Augen, die in einem hellen Grün funkelten.

„Wollen wir?" Torkel zeigte auf einen schmalen Weg, der sich rechts neben der Infogruft an den Gräbern vorbeischlängelte. „Ich habe dort vorn eine Besprechungsgruft für uns organisiert." Er fuhr sich mit den schlanken Fingern durchs Haar. „War gar nicht so einfach, die sind sehr begehrt, wissen Sie." Er ging voraus und bereits kurze Zeit später war der Trubel der Messe kaum mehr wahrzunehmen. Vor einer unscheinbaren Gruft machte er Halt, kramte einen Schlüssel aus der Tasche seines Umhangs und öffnete die Eisentür.

„Bitte sehr!" Mit einer einladenden Handbewegung bat er Kai, die Großmutter und die von Greifendorfs in die Gruft, in der es nach Kais Geschmack überraschend gemütlich war. In den Wandnischen waren neben den Urnen Lampen aufgestellt. In der Mitte des Raumes stand ein runder Tisch, um den herum Sessel gruppiert waren. Auf dem Tisch brannte eine Kerze auf einem Totenkopf.

„Setzen Sie sich doch, bitte." Torkel zog die Tür zu und ließ sich in den letzten freien Sessel fallen.

Eine Zeit lang sagte keiner ein Wort. Torkel saß mit überkreuzten Beinen da und fixierte Kai und seine Freunde.

„Wie geht es dir, Junge?", fragte er Kai nach einer Weile.

„Gut", antwortete Kai.

„Der FGD hat mich über deine missliche Lage aufgeklärt. Ich bewundere deine Entscheidung, dich für deine Freundin derart in Gefahr zu begeben. Das muss ich zugeben.“ Er hielt kurz inne und fragte dann: „Bemerkst du schon eine Veränderung in dir?“

Kai schluckte und antwortete: „Nein.“

„Hm.“ Torkel nickte. „Gut. Wäre auch ein bisschen früh. Aber man weiß ja nie, wann es beginnt.“

Opa Gismo räusperte sich. „Wie Sie wissen, suchen wir einen Weg, um seine Freundin Sandra zu retten.“

„Ja, der FGD hat mir auch das erzählt. Ganz heikle Sache. Ganz heikel ...“

„Wie meinen Sie das?“, wollte Gutta wissen.

„Wie ich das meine? In Ihrer Haut möchte ich nicht stecken, so meine ich das.“

„Na, vielen Dank auch“, brummelte die Großmutter.

„Das, was Antonio Ihnen bereits gesagt hat, ist ja nur das Eine. Ihre kleine Freundin befindet sich an einem Ort, an dem sie ihren größten Ängsten begegnet. Sie entschwindet aus der Erinnerung derer, die sie kennen. Und unser junger Freund hier“, Torkel zeigte auf Kai, „wird sich in absehbarer Zeit zum Unschönen verändern. Ihre Zeit, um Sandra zu finden, ist also, freundlich ausgedrückt, etwas knapp.“

„Wie hinreißend, dass Sie uns daran erinnern, Herr Bierström!“ Gesine von Greifendorf rang verzweifelt die Hände.

Torkel beugte sich im Sessel nach vorn. „Verzeihen Sie, aber ich bin Wissenschaftler. Ich bevorzuge es, Dinge ungeschönt beim Namen zu nennen.“ Er ließ sich wieder in den Sessel zurückfallen. „Der FGD bat mich, nach Wegen zu suchen, wie Sie zu Sandra gelangen können. Und damit komme ich zu Ihrem anderen Problem.“

„Noch ein Problem.“ Gerrith atmete schwer aus.

Torkel blinzelte ihn an und verzog den Mund zu

einem leichten Schmunzeln. „Grundsätzlich ist es durchaus möglich, den Weg eines Geatmeten nachzuvollziehen."

„Eines Geatmeten?", fragte die Großmutter.

„So nennen die alten Quellen diejenigen, die in den Spaltspiegel gesogen wurden."

„Aber das sind doch gute Nachrichten!" Kai rutschte nervös auf dem Sitzpolster hin und her.

„Sicher. Das Problem aber sind die Schlüssel."

„Schlüssel? Was für Schlüssel?" Der Vampirvater zog die Augenbrauen hoch.

„Tja, ich sagte ja, es gibt ein weiteres Problem. Glauben Sie mir, ich habe alles studiert, dessen ich zu diesem Thema habhaft werden konnte. Jedes noch so kleine Pergament habe ich aufgespürt und nach möglichen Wegen zu Ihrer Menschenfreundin gesucht. Aber die Quellen sind sehr verschwiegen. Es wird nur wenig über die Geatmeten erwähnt."

„Bitte!" Kai sprang vom Sessel auf. „Sagen Sie uns alles, was Sie wissen!"

„Das will ich gern tun, mein Junge." Torkel erhob sich. Im Kerzenlicht schienen seine Gesichtszüge hart und unwirklich. Seine Stimme wurde leise und finster. „Der Weg eines Geatmeten verliert sich in den dunklen Tiefen des Spiegels. Niemand kann ihm folgen. Kein Vampir. Kein Mensch. Nicht das kleinste Tier."

„Aber Sebastian ..."

Torkel fuhr herum und blickte Gangolf so scharf an, dass dieser sofort verstummte. „Sebastian?", rief er. „Sebastian mag einer der besten Spione des FGD sein. Aber hierüber weiß er nicht das Geringste. Nichts. Gar nichts!"

Gangolf setzte noch einmal an etwas zu sagen, doch wieder fiel ihm Torkel ins Wort.

„Hören Sie mir zu! Sebastian ist in den Spiegel gekrabbelt und hat dort Nebel und Spalten gesehen; Spalten, die sich zu schließen begannen. Aber alles, was er dort entdeckt zu haben glaubt, alles, kann auch eine Täuschung gewesen sein. Denn der Spaltspiegel lässt sich seine Geheimnisse nicht so einfach entlocken. Auch nicht von einer Schabe, sei sie auch ein noch so guter Spion."

Kai sackte in den Sessel zurück. „Also keine Spur von ihr."

„Nein." Torkel schüttelte den Kopf. „Aber das macht nichts."

„Das macht nichts?" Kurt hüpfte von Kais Schulter auf den Tisch.

„Genau, mein gefiederter Freund. Wir brauchen keine Spuren. Die sind sowieso nichts wert, da sie nicht verlässlich sind. Was wir brauchen, sind die Schlüssel!" Das letzte Wort flüsterte Torkel, sodass es sich anhörte, als spräche er über ein großes Geheimnis. „Die Quellen sprechen von zwei Schlüsseln, mit deren Hilfe man ungehindert hinter den Spaltspiegel treten kann, um dem Weg eines Geatmeten zu folgen. Der eine, den die Quellen ‚das Auge' nennen, macht den Spaltspiegel durchlässig, sodass man in ihn hineinsteigen kann. Der Zweite bietet Schutz auf der anderen Seite. Auf der dunklen Seite ..."

„Auf der dunklen Seite?", wiederholte die Großmutter leise.

„Genau. Wer hinter den Spiegel tritt, wird vom großen, dunklen Nichts umfangen. Undurchdringliches

Schwarz und erdrückende Stille sind alles, was es dort gibt."

„Das klingt ja fürchterlich. Und dort müssen wir hin?", fragte Gerrith mit zittriger Stimme.

„Sicher, mein kleiner Freund. Der zweite Schlüssel leuchtet den Weg und gewährt Schutz, ohne den keiner in dieser Finsternis sein kann, der nicht dorthin gehört."

„Führt der Schlüssel zu Sandra?", wollte Kai wissen.

„Ich weiß es nicht. Über so etwas berichten die Quellen nichts. Es heißt lediglich, dass im Schein des Schlüssels die Nebel des Vergangenen sichtbar werden. Das ist alles, was ich Ihnen sagen kann."

„Das ist doch immerhin etwas", meinte Opa Gismo. „Wir brauchen also diese zwei Schlüssel und Antonios Spaltspiegel. Richtig?"

„Korrekt." Torkel nickte. „Wenn ich die Quellen ohne Fehl verstehe, benötigen Sie allerdings nicht zwingend denselben Spiegel, durch den Ihre Freundin gegangen ist. Ein beliebiger sollte es tun."

„Wie finden wir auf der anderen Seite Sandras Spur?", fragte Kai.

Torkel schwieg.

Kurt plusterte das Federkleid auf und schüttelte sich. „Der Spiegel sollte nicht das Problem sein. Aber was sind das für Schlüssel? Wo finden wir sie?" Er stolzierte auf der Tischplatte auf und ab.

„Ich kann es beim besten Willen nicht sagen." Torkel zuckte mit den Schultern. „Das ist alles, was ich bisher herausfinden konnte. Ich werde natürlich weitere Nachforschungen anstellen und Ihnen sofort eine Briefflędermaus zukommen lassen, sobald ich etwas Neues erfahre." Er stützte die Unterarme auf die Rückenlehne des

Sessels. „Es tut mir wirklich sehr leid. Ich wäre Ihnen gern behilflicher gewesen.“

Kai erhob sich und gab Torkel die Hand. „Sie haben Ihr Bestes getan. Vielen Dank, Herr Bierström.“

Torkel ging zur Tür und öffnete sie. „Ich wünsche Ihnen alles Gute“, sagte er, setzte einen Fuß über die Schwelle und hielt inne. Er drehte sich noch einmal um und blickte in die Gruft zurück. „Viel Glück! Ach, und ...“ Er nahm den Schlüssel der Besprechungsgruft und steckte ihn von außen ins Schloss. „Lassen Sie den Schlüssel einfach stecken. Es kümmert sich gleich jemand um die Gruft.“ Dann trat er ins Freie. Das Knirschen des feinen Sandes unter seinen Sohlen wurde leiser, bis es schließlich nicht mehr zu hören war.

In der Besprechungsgruft wurde es totenstill. Der Wind wirbelte einige Blätter hinein und spielte mit den Kerzenflammen, die tänzelnd zuckten. Ein Rinnsal aus Wachs lief die Totenkopfkerze hinunter, floss über den Schädel und bildete auf dem Tisch einen Fleck, der wie ein vierblättriges Kleeblatt aussah.

„Und nun?“ Kurts Stimme durchschnitt Stille. Er hüpfte auf Kais Schulter zurück.

„Ist ... Ist jetzt alles aus?“ Gerrith hatte das Gefühl, einen Kloß im Hals zu haben.

Die Großmutter sah Kai besorgt an. Tiefe Falten waren in ihre Stirn gegraben. „Aus? Oh nein, nichts ist aus! So schnell nicht! Allerdings schwirrt mir der Kopf. Ich brauche erst mal eine Tasse guten Tee und muss nachdenken. Kommt, fliegen wir zu mir und überlegen in

Ruhe, was wir als Nächstes unternehmen. Einverstanden?"

Sie blickte in die Runde und erntete zustimmendes Nicken.

Gerrith verließ als Letzter die Gruft. Bevor er die Tür hinter sich zuzog, ging er zu dem Schädel auf dem Tisch und blies die Kerze aus. Dabei entdeckte er den fast verblassten Satz, der in feiner, geschwungener Schrift auf der Schädeldecke stand: „Immer der Sonne entgegen!"

Er schmunzelte, verließ die Gruft und folgte den anderen.

4

RABAK

Die schmale Sichel des abnehmenden Mondes brach durch die Wolken, als sie im Garten der Großmutter landeten. Schweigend strichen sie ihre Umhänge glatt und gingen den schmalen Weg entlang, der sich durch den Garten schlängelte.

Kai war tief in Gedanken an Sandra versunken. Wo sie wohl war? Wie mochte es ihr gehen? Um sich selbst machte er sich keine Sorgen. Zumindest noch nicht. Er fühlte tief in sich hinein und suchte nach irgendetwas, das sich vielleicht bereits verändert hatte. Eine Empfindung. Eine verblassende Erinnerung an seine Freundin. Doch alles war wie immer. Die Erinnerungen an Sandra waren so stark und gegenwärtig wie eh und je und auch das Sterben seiner inneren Welt hatte glücklicherweise noch nicht begonnen. Zumindest spürte er nichts dergleichen.

Was mochte mit dem anderen, dem Spiegel-Kai sein? Diese starke gegenseitige Verbindung, von der ihm sein Spiegel-Ich nach der Spaltzeremonie in Antonios Burg erzählt hatte, war noch da. Er empfand sie ganz deutlich, wenn er an den anderen Kai dachte. Aber diese Bindung verriet ihm nicht, ob das Spiegel-Ich begonnen hatte, sich zu verändern.

Plötzlich packte ihn jemand an der Schulter.

„Bleib stehen!" Seine Oma legte den Zeigefinger auf die Lippen.

Kai blickte sie irritiert an.

„Da!" Die Großmutter zeigte auf die Haustür. Sie stand offen.

„Ich habe sie zugeschlossen. Ich erinnere mich genau!"

„Du meinst ..." Gerrith riss die Augen auf.

„Natürlich. Es wurde eingebrochen."

„Das ist ja unerhört!" Gesine von Greifendorf stemmte die Hände in die Hüften. „Was ist das nur für ein Verfall der Sitten? Einfach bei anderen Leuten einzubrechen. Also so was!"

„Wir müssen nachsehen, ob etwas fehlt." Gangolf wollte vorpreschen, doch die Großmutter hielt ihn zurück.

„Nicht!" Sie schüttelte den Kopf. „Was, wenn der Einbrecher noch da ist?"

„Dann kann er etwas erleben!" Gangolf knurrte und ließ seine dolchscharfen Eckzähne aufblitzen.

Kurt hob den Flügel. „Ich könnte mich als Späher anbieten."

Doch die Großmutter winkte ab. „Das ist viel zu gefährlich!"

„I wo!" Kurt zog diese Worte in die Länge und machte dabei eine kreisende Bewegung mit dem Kopf. „Als damals bei meiner Großtante Frenetia das Nest im

Schlossturm geplündert wurde, habe ich das auch gemacht. Gar kein Problem!“ Und noch bevor die Großmutter ihn davon abhalten konnte, stieß er sich von Kais Schulter ab und segelte lautlos durch die Tür ins Haus, das ihn wie ein schwarzes Loch verschlang.

Gerrith schluckte. „Ob er weiß, was er tut?“

„Ich habe vollstes Vertrauen in seine Fähigkeiten“, flüsterte Opa Gismo.

„Kommt, wir schleichen uns etwas näher ran“, schlug Gangolf vor. Sie pirschten sich vorsichtig einige Schritte an das Haus heran und lauschten. Es war totenstill. Eine Windböe zerrte an den Baumkronen und riss Blätter ab, die durch die Luft tanzten. Gutta beobachtete gerade, wie eines der Blätter auf dem Haar ihres Vaters landete, als sie ein Geräusch hörte. Ein dumpfes Platschen kam aus dem Haus, das Rauschen von Federn; ein erschrockenes Krächzen folgte und schließlich zischte eine seltsam knarrende Stimme: „Weg, weg mit dir, du dummer Vogel!“

Dann sahen sie Kurt, der wie ein Blitz aus dem Haus geflattert kam.

„Ach Gott, ach Gott, ach Gott, ach Gott, ach Gott!” Der Rabe ließ sich auf Kais Schulter nieder und wippte aufgeregt von einem Bein aufs andere. „Leute, nee, ihr glaubt es nicht!“

„Was? Was ist denn?“ Der Vampirvater trat näher an Kurt heran. „Kurt, sprich! Was hast du da drin gesehen?“

„Der Arme sieht aus, als wäre er einem Geist begegnet“, stellte Gutta fest.

„So etwas Ähnliches war es, ja.“ Kurt schüttelte die Federn.

„Du hast einen Geist gesehen?“, fragte Gerrith ungläubig.

„Ich denke schon. Bestimmt. Doch, doch. Es muss ein Geist gewesen sein.“

„Nun mal schön langsam.“ Der Vampirvater strich dem Raben über den Kopf. „Was genau ist im Haus geschehen?“

Kurt atmete tief durch. „Also, passt auf! Ihr habt ja gesehen, mit welch professioneller Leichtfedrigkeit ich ins Haus schwebte, nicht wahr? Jede Strömungsschwankung ausnutzend glitt ich dahin. Lautlos. Schattengleich. Geradezu traumhaft ...“

„Kurt!“

„Entschuldigt. Hach, ich bin einfach so aufgeregt. Kurz vor der Haustür nahm ich noch einmal ordentlich Fahrt auf. Ein letzter, kräftiger Flügelschlag, und ich segelte ins Haus hinein.“ Kurt spreizte die Schwingen und wiegte sie hin und her. „Der Eingangsbereich war unauffällig, also bog ich mit einem raffinierten Manöver ins Wohnzimmer ab.“

„Und?“

„Und? Nichts war da. Nichts. Nicht das geringste Etwas. Und dann stieß ich gegen den Geist.“

„Bitte?“ Opa Gismo kratzte sich an der Stirn. „Da war nichts, und du bist gegen etwas gestoßen?“

„Exakt.“

„Kurt!“ Gesine von Greifendorf verdrehte die Augen. „Hör dir doch mal selbst zu. Das ergibt doch gar keinen Sinn!“

„Wenn ich es euch doch sage!“ Der Rabe reckte die Brust heraus. „Ich schwebte leichtfedrig, wie es eben so meine Art ist, ins Wohnzimmer und drehte eine Runde.

Alles schien so wie immer. Es gab keinerlei Anzeichen unerwünschter Besucher. Dann kam ich an den Tisch."

„Und da?"

„Ich betone nochmals: Ich hatte absolut freie Bahn! Nichts und niemand war zu sehen und dennoch wurde mein Flug abrupt gestoppt. Etwas Unsichtbares stellte sich mir in den Weg. Ich knallte dagegen und wäre ich nicht ein so herausragender Flugkünstler, um Haaresbreite wäre ich abgestürzt."

„Sehr rätselhaft." Gutta biss sich auf die Lippe.

„Vor allem rüpelhaft, wenn ihr mich fragt. Denn kaum hatte ich meine Fluglage nach dem Zusammenprall stabilisiert, wurde ich aufs Übelste beschimpft! Ich beschloss, diesen Ort der Unfreundlichkeit zügig zu verlassen." Kurt schüttelte den Kopf. „So etwas ist mir wirklich noch nie passiert. Aber wie auch immer. Ich stelle fest: Da drin ist irgendetwas. Er, sie oder es ist unsichtbar, kann aber sprechen."

Die Großmutter überlegte kurz, legte die Stirn in Falten und sagte dann mit fester Stimme: „Na schön. Wir können schlecht die Polizei rufen, also müssen wir das Problem allein lösen."

Gangolf rieb sich die Hände. „Ha! Na endlich wird`s spannend!"

„Aber Geysira! Wie willst du das anstellen?", fragte Gesine von Greifendorf.

„Wir werden uns ins Haus schleichen und den ungebetenen Besucher überrumpeln", antwortete Oma Flammersfeld und kaum hatte sie das ausgesprochen, schlich sie auch schon auf Zehenspitzen auf das Haus zu.

Gutta zuckte die Schultern. „Jetzt wird sie aber mutig, was?", flüsterte sie Gangolf zu, der bejahend nickte.

„Wenn das nur gut geht." Gerrith folgte zögernd. „Hoffentlich wisst ihr, was ihr da macht." Einer nach dem anderen huschte ins Dunkel des Hauses und schließlich stand auch Gerrith im düsteren Flur und spähte ins Wohnzimmer.

Alles war still. Der Raum lag finster da. Kai versuchte so gut es ging, mit seinen menschlich gewordenen Augen die Dunkelheit zu durchdringen. Er sah zum Tisch hinüber, wo Kurt gegen den geheimnisvollen Unsichtbaren gestoßen war. Nichts. Das Zimmer war genau so, wie sie es vorhin verlassen hatten.

Dann spürte Kai plötzlich, wie sich Kurts Füße in seine Schulter krallten. Und er konnte es auch sehen. Drüben am Bücherregal. Ein dicker Wälzer löste sich aus der Bücherreihe und schwebte in der Luft!

Kai schluckte. Aus dem Augenwinkel erkannte er, wie Gerrith mit offenem Mund auf das Buch starrte.

Wie von Geisterhand öffnete sich der Ledereinband. Eine gurrende Stimme ertönte. „Schlürf dich schlank – die Blutgruppendiät für den modernen Vampir. Von Mandarina Mommsen." Die Stimme lachte heiser. „Pah, die spinnen doch, diese Vampire." Mit einem lauten Knall schlug der Einband zu und das Buch schwebte zurück in das Regal.

„Wo könnten sie es versteckt haben? Irgendwo muss es doch sein ... Aua!"

Es gab einen dumpfen Schlag und der Tisch verrutschte ein Stück.

„Mist!", fluchte die Stimme. „Blöder Tisch!" Aus dem Nichts tauchte eine Hand auf und strich durch die Luft.

Gerrith biss sich auf den Zeigefinger, um nicht zu schreien.

„Was haben wir denn hier?“ Die Hand griff ins Regal und holte den Kolben hervor, in dem der Saft der Trügerischen Trautelbeere waberte, der Kais Vampiressenz enthielt und mit dessen Hilfe er wieder zu einem Menschen geworden war. „Sieht ja sehr seltsam aus.“

Der Kolben blieb in der Luft stehen und schwebte dann ins Regal zurück.

Die Hand bewegte sich nun in Richtung des Esstisches. Auf halber Strecke tauchte auf einmal ein Bein auf, das aber nach wenigen Sekunden wieder verschwand. „Oh nein!“, stöhnte die Stimme. „Immer dasselbe.“ Die Hand hielt inne und für einen kurzen Augenblick flackerten die Umrisse eines Körpers auf. „Nein, nein, nein“, fluchte die Stimme. „Nicht nachlassen!“ Der Körper wurde wieder unsichtbar und nur die Hand, das Bein sowie ein spitz zulaufendes Ohr, das wie das Ohr eines Hundes aussah, hingen noch in der Luft.

„Ich muss mich beeilen“, zischte die Stimme. Die Hand befand sich nun an der Obstschale auf dem Esstisch und griff nach einer Banane.

„Oh! Die habe ich aber lange nicht gesehen!“ Im Nu hing die Schale an der Frucht herunter und die halbe Banane fehlte.

„Mmmmh, einfach köschtlich!“, schmatzte die Stimme und schon war auch der Rest der Banane verschwunden. Die Schale flog in hohem Bogen durch die Luft und landete auf dem Sofa.

„Hier vielleicht?“ Kiwis, Pampelmusen und Apfelsinen flogen durch den Raum und kullerten über den Boden. „Nee, auch nicht.“

Schlurfend verschwand das unsichtbare Wesen in der Küche, aus der sogleich das Klirren von Geschirr zu hören war.

„Herrje, was passiert denn da?“ Die Großmutter schlich ins Wohnzimmer. „Wenn der mir mein gutes Geschirr zertrümmert, setzt`s was Saures, das kann ich euch flüstern!“ Sie krallte sich die Tagesdecke, die über dem Sofa hing.

„Was hast du vor?“ Die anderen folgten ihr vorsichtig in den Raum.

„Glaubt ihr, ich lasse mir hier alles verwüsten?“ Die Großmutter duckte sich hinter das Sofa und winkte Kai und die von Greifendorfs zu sich. „Den schnappen wir uns!“

Gerrith kniete sich als Letzter hinter das Möbel. „Den schna... Eeecht? Ja, aber wie ...“

Seine Schwester legte den Zeigefinger auf seine Lippen. „Pssst! Es kommt zurück.“

Sie lugten vorsichtig über die Rückenlehne. Die Küchentür wurde aufgerissen und das Wesen kehrte ins Wohnzimmer zurück.

„Ich glaub’s einfach nicht.“ Es hob die Hand und kratzte sich am unsichtbaren Kopf, der daraufhin sichtbar wurde. Für einen Moment erschien auch der Körper des Wesens.

Kai wurde stocksteif. Was um alles in der Welt war das, was da vor ihnen stand? Der Körper des Wesens war schlank und drahtig und in Kleidung aus dunklem Stoff gehüllt. Die dünne Hose war um einiges zu weit. Die Hände, die aus den Ärmeln des Pullis schauten, waren mit einer bräunlichen, lederartigen Haut überzogen und hatten lange, dünne, seltsam anmutende Finger. Waren das die Hände eines Menschen oder eines Tieres? Kai kniff die Augen leicht zusammen und blickte in das Gesicht des Geschöpfes. Nein, so sah kein Mensch aus! Mochte dieses Wesen auch zwei Arme und zwei Beine haben und aufrecht gehen, so war es doch kein Mensch! Aus dem Gesicht ragte eine längliche Schnauze, die der eines Hundes glich. Die schwarze Nase bebte leicht, als ob das Wesen eine Spur witterte. Die spitz zulaufenden Ohren drehten sich wie kleine Radarschüsseln hin und her.

Es neigte den Kopf leicht zur Seite und die großen, braunen Kulleraugen blickten sich suchend um.

„Ob ich doch noch mal in den oberen Zimmern nachsehe?“ Es machte ein gurrendes Geräusch und riss dann das Maul weit auf und gähnte. Dolchartige Eckzähne blitzen dabei auf.

„Vielleicht habe ich ja etwas übersehen.“ Es hob den Arm und blickte auf die Hand. „Na, komm schon“, sagte es angestrengt und verzog die Lefzen. Die Konturen des Armes und der Hand verschwammen und wurden langsam unsichtbar. Ein Lächeln huschte über das hundeartige Gesicht, verschwand aber sofort, als Arm und Hand plötzlich wieder auftauchten.

„Mist!“ Enttäuscht senkte es den Arm. „Geht nicht mehr. Ich muss einen Moment warten.“ Es schnalzte mit der Zunge, schüttelte den Kopf und ging auf die Wohnzimmertür zu. „Ich versuch`s nachher noch mal.“

„Der will sich davonmachen“, wisperte die Großmutter und krallte die Finger fester in die Decke.

Das Wesen trat ans Sofa und drehte sich noch einmal ins Wohnzimmer um. Es murmelte etwas Unverständliches vor sich hin und gurrte.

In diesem Augenblick sprang die Großmutter auf und schleuderte die Decke über den Kopf des ungebetenen Besuchers. „Hab ich dich!", rief sie und warf sich mit einem gekonnten Sprung auf das Wesen.

Es schrie auf. „Hilfe! Hilfe!", brüllte es und die Stimme war so schrill, dass sie sich wie ein Pfeil durch die Luft bohrte und in den Ohren schmerzte.

Die Großmutter und der Unbekannte fielen zu Boden und rollten über die Dielen.

„Hilfe! Hilfe!"

„Nix da!" Die Großmutter drehte das Geschöpf auf den Bauch.

Sofort sprang Gangolf zu ihr und packte die Hände des Wesens.

Kai war zum Esszimmerschrank gerannt und kam nun mit einem länglichen Tuch wieder.

„Sehr gut", grinste die Großmutter und nahm Kai das Tuch ab. „Gangolf, lass nicht los, hörst du?"

Gangolf hielt die Hände des Wesens so fest, dass es aufstöhnte.

„Nein, sie töten mich, sie töten mich ..."

„Ach, sei still!" Die Großmutter band das Tuch flink um die Handgelenke des Geschöpfes und zog den Knoten fest zu.

„Aua!"

„Du sollst still sein! Wer einbricht kann keine Gastfreundschaft erwarten!"

Ein tiefes Fauchen drang aus der Kehle des Wesens. Jeder Muskel seines Körpers war angespannt und es stemmte sich mit aller Kraft gegen Gangolf und Kais Oma. Mit einem kräftigen Ruck schwang es sich auf, stieß die Großmutter und Gangolf von sich und versuchte, die

Decke vom Kopf zu schütteln. Dabei knurrte und jaulte es wie ein Wolf. Es sprengte die Fesseln und riss sich die Decke vom Gesicht.

Für einen Augenblick schien es, als gewönne das Wesen die Oberhand. Es stürzte auf die Großmutter, packte sie an den Armen und bohrte ihr die spitzen Finger ins Fleisch.

„Ihr bekommt mich nicht, hört ihr? Ihr nicht!"

Es bleckte die scharfen Eckzähne und Kai schrie auf, als er sah, dass es versuchte, seine Oma in den Hals zu beißen. Er stürzte sich dazwischen, holte aus und versetzte dem Wesen einen derart starken Kinnhaken, dass dessen Kiefer knackte. Es stöhnte auf, ließ die Arme der Großmutter los und taumelte rückwärts. Ein langgezogenes Jaulen gellte durchs Wohnzimmer.

„Gut gemacht, mein Lieber, sehr gut!" Gesine zog die Augenbrauen hoch und klopfte Kai anerkennend auf den Rücken. „Eigentlich verabscheue ich rohe Gewalt. Aber ab und an muss man Ausnahmen machen." Sie blickte auf das Wesen, das röchelnd am Sofa lehnte.

„So ein kleiner Kerl und so viel Kraft!", staunte Opa Gismo.

„Habt ihr seine Eckzähne gesehen? Größer als unsere!" Gerrith schüttelte den Kopf. „Wenn er zugebissen hätte ..."

Kai, seine Großmutter und die von Greifendorfs standen im Halbkreis vor dem seltsamen Besucher und blickten ihn an. Der seltsame Kerl hatte den Kopf gesenkt und versuchte, den bohrenden Blicken auszuweichen. Die Schnauze war leicht geöffnet und er hechelte in kurzen, hastigen Stößen. Blut lief über die Lippen. Er leckte es ab. Sein ganzer Körper zitterte.

Nach einer Weile hob er den Kopf.

„Und jetzt?“ Die Augen wanderten von einem seiner Bezwinger zum anderen und schließlich blieb sein Blick auf der Großmutter haften.

„Gute Frage“, sagte sie.

Er machte eine abweisende Kopfbewegung. „Ersparen Sie uns doch die Spielchen. Machen Sie es einfach kurz, ja?“

„Gern.“ Die Großmutter nickte. „Ganz wie Sie wünschen.“

„War ja klar.“ Er blickte verächtlich auf die Vampire. „Aber bitte, dann eben das volle Programm. Erst noch ein wenig Demütigung, oder? Ja? Das ist es, was Sie wollen? Bitte, nur keine Scheu.“

„Wovon spricht dieses … dieses Wesen?“ Gesine von Greifendorf blickte zu ihrem Mann. „Weißt du, was es meint?“

„Nein, Schatz. Ich habe keine Ahnung.“

„Wesen?“ Er richtete sich gerade auf. „Haben Sie gerade Wesen zu mir gesagt?“

„Nun, äh, … in Ermangelung einer anderen Bezeichnung.“ Gesine bekam rote Wangen und fächelte sich Luft zu. „Sie haben natürlich recht. Auch wenn eine Situation noch so bizarr ist, sollte man doch nie Anstand und Würde vernachlässigen. 'Wesen' ist keine ganz angemessene Bezeichnung für ein Gegenüber. Allerdings, ich habe keine Ahnung, wer oder was Sie sind.“

„Ein Einbrecher ist er jedenfalls, so viel ist doch mal klar“, rief Gangolf.

„Einbrecher?“, wieder holte das Wesen. „Pah! Ihr habt ja keine Ahnung.“ Es rieb sich die Handgelenke. „Mein Name ist übrigens Rabak.“

„Rabak“, wiederholte Gutta. „So einen Namen hab ich noch nie gehört.“

„Das wundert mich nicht“, sagte Rabak und versuchte erst gar nicht, den Ärger in der Stimme zu unterdrücken. „Über Leute wie mich wisst ihr Vampire doch ohnehin nichts. Aber da seid ihr nicht allein. Die

Werwölfe interessieren sich auch nicht die Bohne für uns.“ Er ordnete seinen Pulli.

„Leute wie dich?“, fragte Gerrith.

„Siehst du? Du erkennst einen Wolfir nicht einmal, wenn er direkt vor dir steht“, spottete Rabak. „So ist das eben. Man ignoriert uns auf ganzer Linie.“

„Ach!“ Die Vampirmutter ging einen Schritt auf Rabak zu und beäugte ihn eindringlich. „Du bist ein Wolfir? Im Ernst?“

Der Wolfir ließ enttäuscht die Arme sinken und schnaufte. „Ja.“

„Gottfried, was sagst du dazu?“ Gesine von Greifendorf zog ihren Mann zu sich heran „Ein echter Wolfir!“

Der Wolfir verdrehte die Augen.

Kurt machte einen langen Hals. „Irgendwie erinnert er mich an etwas.“

„So?“ Rabak tat überrascht. „Lass mich raten.“ Er trat einen Schritt vor, breitete die Arme aus und blickte an sich hinunter. „Was könnte das wohl sein?“ Er drehte sich einmal um sich selbst. „Stellt euch einfach vor, zwischen meinem Körper und meinen Händen wäre Haut gespannt. Na, woran würde euch das erinnern?“ Er fuhr sich mit der Zunge über die Lippe und leckte das Blut ab.

„Ah! Ich hab's!“ Kurt hüpfte aufgeregt auf Kais Schulter. „Danke für den Hinweis!“

„Ich weiß nicht, was er meint.“ Gerrith rieb sich am Kinn.

„Is' doch ganz einfach. Ein Flughund! Sein Aussehen erinnert an einen Flughund.“

„Guuuter Vogel.“ Rabak verzog die Lefzen zu einem Grinsen.

„Dann ist er also eine Art sprechender Flughund?“, fragte Kai.

„Nein. Ich bin ein Wolfir! Unsere Ähnlichkeit mit Flughunden ist rein zufälliger Natur.“

„Aber ...“

„Sch ...“ Rabak hob die Hand. „Ich kreide es dir nicht an, dass du nicht weißt, was ein Wolfir ist. Wie gesagt, das geht uns immer so. Die Vampire wollen nichts von uns wissen und die Werwölfe auch nicht. Dabei sind sie es, denen wir unsere Existenz verdanken.“

„Bitte?“ Gutta horchte auf.

„Natürlich hören sie das nicht gern. Aber es ist so. Es gab eine Zeit, lang ist`s her, als Werwölfe und Vampire noch etwas besser aufeinander zu sprechen waren als heute. Man stelle sich vor, da gab es sogar die eine oder andere Liebschaft zwischen ihnen. Wir Wolfire sind deren Nachfahren. Eine Mischung aus Vampiren und Werwölfen, wenn Sie so wollen.“ Er kicherte, was sich wie ein leises Hecheln anhörte. „Eine recht gelungene, wenn Sie mich fragen. Aber mit Flughunden haben wir nichts zu tun.“

Opa Gismo nickte. „Ja, ja. Das stimmt schon, Herr Rabak.“

„Rabak.“

„Bitte?“

„Rabak. Einfach nur Rabak.“

„Ach so. Ja. Also, von diesen Beziehungen haben wir natürlich gehört. Aber allein an der Tatsache, dass es keinen existierenden Vampir mehr gibt, der eine Beziehung zu einem Werwolf hat, erkennen Sie, wie unheimlich lange das alles her ist.“

„Eben.“ Rabak stemmte die Hände in die schmalen

Hüften. „Und nicht nur das." Er wandte sich Kai und den Vampirgeschwistern zu. „Oder hat euch schon einmal jemand von der Wahnnacht erzählt?"

„Von welcher Nacht?" Gutta schüttelte den Kopf.

„Da hab ich bestimmt in der Schule gefehlt", rief Gangolf.

Rabak lachte bitter auf. „Ich glaube eher, dass darüber in der Schule nicht gesprochen wird."

Gesine schlug die Hände über dem Kopf zusammen. „Rabak, bitte!"

„Seht ihr? Seht ihr?" Er zeigte mit ausgestrecktem Arm auf die Vampirin. „Wegwischen. Vertuschen. Unter den Teppich kehren. So geht es schon seit Jahrhunderten." Er machte eine abweisende Handbewegung. „Wie ich schon erwähnt habe, ihr seid da in guter Gesellschaft. Die Werwölfe machen es genauso. Aber wir haben es euch immer gesagt. Euch und den Werwölfen. Irgendwann müsst ihr euch eurer Vergangenheit stellen. Ihr könnt nicht vor ihr davonlaufen. Sie holt euch ein. Denn sie ist immer da. Immer, hört ihr? Solange, bis ihr euch diesem dunkeln Fleck in eurer Vergangenheit stellt." Er schnaufte und seine Ohren drehten sich wild hin und her.

„Aber doch nicht heute Nacht in diesem Haus!", rief Gesine.

„Warum nicht?"

„Wir werden die Schatten des Vergangenen nicht in einer Nacht vertreiben können, Rabak", sagte Gottfried ruhig. „Die Wahnnacht war weit vor unserer Zeit."

„Das ist mir bewusst, glauben Sie mir. Ich gebe nicht Ihnen persönlich die Schuld an dieser fürchterlichen Nacht. Aber warum wissen die Kinder nichts darüber, hm? Warum lernt man in der Schule nichts über die Schrecken der Wahnnacht? Warum gibt es noch immer diese Kluft zwischen Vampiren und Werwölfen? Und warum verschweigen Sie Ihren Kindern noch immer unsere Existenz?"

Opa Gismo trat einen Schritt vor. „Sie haben recht, Rabak. Wir Vampire tun uns schwer damit. Und die Werwölfe auch, das weiß ich."

„Ihr redet in Rätseln." Die Großmutter blickte irritiert in die Runde. „Was ist das für eine ominöse Wahnnacht, von der ihr sprecht?"

„Die Wahnnacht", begann Gismo, „ist das Schlimmste, was je geschehen ist."

Rabak nickte.

„Vor vielen Jahrhunderten lebten Vampire und Werwölfe friedlich nebeneinander her und manchmal sogar miteinander. Sie hatten ihre üblichen kleinen Auseinandersetzungen, ja. Die Werwölfe neideten den Vampiren schon immer die Fähigkeit fliegen zu können, so wie wir die Werwölfe stets wegen ihrer unbändigen Kraft beneideten." Gismo grinste. „Aber alles in allem kamen wir gut miteinander aus."

„Das scheint sich irgendwann geändert zu haben?", unterbrach die Großmutter.

„Ja. Auf beiden Seiten gab es welche, denen das gute Verhältnis zwischen uns ein Dorn im Auge war. Wo immer es ging sähten sie Zwietracht. Sie blickten verächtlich auf die Mischfamilien. Und dann kam das große Sterben."

„Die Wahnnacht?", fragte Gerrith leise.

„Oh nein, mein Junge! Nicht die Wahnnacht. Noch nicht. Mit einem Mal machten die Menschen Jagd auf

Vampire. Sie suchten überall nach uns. Stürmten in unsere Burgen, auf unsere Friedhöfe. Und wo immer sie einen Vampir entdeckten, töteten sie ihn."

Gutta stand mit weit aufgerissenen Augen da. „Das ist ja grausam!"

„Den Werwölfen erging es nicht viel besser. Wer von den Menschen verdächtigt wurde, ein Werwolf zu sein, wurde in einer Vollmondnacht angekettet und den Mondstrahlen ausgesetzt. Wehe dem, der sich verwandelte! Es war entsetzlich."

„Und dann?"

„Beide Seiten fragten sich, woher diese plötzlichen Überfälle der Menschen kamen. Wer hatte die Vampire und die Werwölfe verraten?"

„Wer war es?", forschte Gutta weiter.

Gismo zuckte mit den Schultern. „Keine Ahnung." Seine Stimme verdunkelte sich. „Aber nun schlug die Stunde derer, die den Hass aufeinander schüren wollten. Die Vampire bezichtigten die Werwölfe, sie an die Menschen verraten zu haben. Die Werwölfe wiederum behaupteten dasselbe von den Vampiren. Und so fing alles an."

Er hielt einen Moment inne.

„Kommen Sie, erzählen Sie weiter", flüsterte Rabak schließlich.

„Überall gab es Zank und Streit. Nachbarn, die sich eben noch gut verstanden hatten, redeten kein Wort mehr miteinander. Freundschaften zerbrachen. Es kam zu Übergriffen. Werwölfe kamen auf unsere Friedhöfe und verwüsteten unsere Gräber. Vampire zündeten die Häuser der Werwölfe an. Es war fürchterlich. Am schlimmsten aber traf es die Mischfamilien. Eines Nachts, der Nacht, die als Wahnnacht bekannt werden sollte, erreichte der Hass schließlich seinen widerlichen Höhepunkt. Überall bei den Vampiren und Werwölfen gab es regelrechte Hetzjagden auf die Mischfamilien. Sie wurden vertrieben, gefoltert, ja, sogar getötet. Männer. Frauen. Kinder. Keiner blieb verschont. Wer konnte, floh tief in die Wälder, versteckte sich in den Bergen oder bei den wenigen, die diesem Wahnsinn nicht verfallen waren."

„Das klingt unglaublich!" Kai schluckte.

„Das ist noch nicht alles." Rabak machte eine auffordernde Handbewegung und leise fuhr Opa Gismo fort.

„Die Kinder. Ja, sie konnten am wenigsten dafür und litten doch am meisten. Wie es eben immer ist, nicht wahr? Seht ihn hier." Er zeigte auf Rabak. „Sie waren zu erkennen, die Kinder der Mischfamilien." Er schluckte. „Viele haben nicht überlebt. Es war ein grausames Morden und Sterben in dieser Nacht."

„Danach war nichts mehr wie zuvor", ergänzte Rabak. „Die Wolfire zogen sich in die Einsamkeit zurück, weit, weit entfernt von jedem Vampir oder Werwolf. Sie lernten, sich gut zu verstecken, ja, manche lernten sogar, sich unsichtbar zu machen."

„Das habe ich vorhin gemerkt", krächzte Kurt, wofür er ein Lächeln von Rabak erntete.

„Ja", sagte er. „Du kamst etwas flott um den Türrahmen gesegelt. Allerdings klappt das mit der Unsichtbarkeit nicht immer, denn es ist sehr anstrengend. Wir lösen uns nämlich nicht einfach in Luft auf, sondern passen uns der Umgebung an. Die meisten Wolfire haben diese chamäleonartige Eigenschaft auch gar nicht. Eigentlich die wenigsten. Was mich betrifft ...

Na ja. Es funktioniert nicht besonders gut. Ich finde es ermüdend."

Kai legte die Stirn in Falten. „Hat es seit damals keinen Kontakt mehr zwischen Wolfiren und ..."

„Nein", sagte Rabak scharf. „Nie. Zu keinem Werwolf. Zu keinem Vampir. Wir Wolfire leben einzig und allein unter unseresgleichen."

„Ach, dann ist heute sozusagen Premiere?", fragte Kurt.

„Hm", knurrte der Wolfir und rieb sich die Handgelenke. „Und was für eine."

„Entschuldigen Sie!" Die Großmutter baute sich vor ihm auf. „Dafür sind Sie ja nun ganz allein verantwortlich, nicht wahr. Hätten Sie an der Tür geklingelt anstatt einfach einzubrechen, wäre der Empfang etwas freundlicher ausgefallen. Was wollten Sie eigentlich hier? Sie machen mir nicht gerade den Eindruck eines typischen Einbrechers."

„Das bin ich auch nicht."

„Dann erklären Sie sich!"

Rabak senkte den Blick. Es war ihm deutlich anzumerken, dass er lieber nichts über den Grund seines Besuchs sagen wollte. Schließlich holte er Luft und sagte mit einem tiefen Seufzer: „Ich bin hier, weil ich das Drauga brauche."

„Wen?"

„Nicht wen. Was. Das Drauga."

„Drauga? Kenne ich nicht." Die Großmutter schüttelte den Kopf und blickte die anderen fragend an. „Weiß einer von euch, wovon er redet?"

„Drauga. Drauga ..." Der Vampirvater rieb Zeigefinger

und Daumen aneinander. „Dieses Wort habe ich noch nie gehört. Du?“ Er sah zu seiner Frau.

„Leider nicht.“ Gesine winkte ab. „Aber vielleicht kennen es die Kinder aus der Schule?“

„Ha!“ Gangolf lachte so laut auf, dass Gerrith zusammenzuckte. „In welchem Fach sollen wir denn davon gehört haben? Also, ich hab keine Ahnung.“

„Ich auch nicht“, pflichtete ihm Gutta bei.

„Ja, ja. Schon gut.“ Rabak kniff die Augen zusammen. „Habe verstanden. Ich hab ja gleich gewusst, dass Sie es mir nicht geben wollen. War doch klar. Und nun wissen Sie auch, warum ich nicht einfach an der Tür geklopft habe.“

„Rabak!“, protestierte Gottfried.

„Nein, nein. Schon gut.“ Er winkte ab und seine Stimme verfinsterte sich. „Aber ich brauche es. Dringend. Um alles in der Welt. Um Karas Willen!“

„Um wessen Willen?“, fragte Gesine.

Rabaks Augen bekamen einen feuchten Glanz. „Kara. Meine Frau. Ich brauche das Drauga um sie zu retten.“

„Ach herrje, Rabak, was ist mit ihr?“ Gesine machte eine besorgte Mine. Sie legte die Hand auf Rabaks Schulter, zog sie jedoch gleich wieder zurück, als sie den verwunderten Blick des Wolfirs bemerkte.

„Ach ...“ Rabak winkte ab.

„Kommen Sie, sagen Sie schon.“

„Sie wurde von der 'Riege der Richtigen' verschleppt und wird gefangen gehalten.“ Rabak drehte den Kopf beiseite und hielt die Hand vor die Augen.

„Drauga. Riege der Richtigen. Da schwirrt einem ja der Kopf. Rabak, was hat das alles zu bedeuten?“, fragte Gismo.

Der Wolfir blickte ihn an. „Ist doch egal. Sie wollen mir das Drauga nicht geben. Fertig. Was interessiert Sie da der Rest? Ich hätte eben doch noch etwas länger auf Gorx warten sollen."

„Gorx? Was ist das denn nun schon wieder?" Gottfried von Greifendorf schüttelte den Kopf.

„Wer. Nicht was", fauchte Rabak. „Gorx ist mein Freund. Der beste, den ich habe. Wir waren verabredet. Vor einigen Tagen. An unserem üblichen Treffpunkt, neben dem großen Felsen. Ach, ist ja auch egal." Er schluchzte. „Ich verstehe einfach nicht, warum er nicht aufgetaucht ist. Er hat es mir versprochen. Er hat es mir fest versprochen. Und bisher ist er immer gekommen. Er wollte mir zeigen, wo ich das Drauga finden kann. Und er wollte mir etwas geben. Etwas, das ich bräuchte, um Kara zu retten." Tränen liefen über seine Wangen. „Ich habe gewartet. So lange habe ich auf ihn gewartet. Doch irgendwann musste ich mich entscheiden. Sollte ich noch länger auf ihn warten? Oder sollte ich mich allein auf die Suche nach dem Drauga machen? Ich wusste, dass es hier irgendwo in der Gegend ist. Das hatte Gorx mir bereits gesagt." Er stockte kurz und wischte die Tränen aus dem Gesicht. „Als das Morgenrot über den Himmel zog, ging ich los. Ich habe keine Zeit zu verlieren, verstehen Sie? Kara ..." Er schlug die Hände vor das Gesicht und begann bitterlich zu weinen. „Arme Kara, arme, arme Kara."

„Der ist ja steinerweichend", murmelte Gutta mitfühlend.

„Ach was, er macht uns bestimmt nur etwas vor, damit wir ihn laufen lassen!" Gangolf stützte die Hände in die Hüften.

„Meins du?“, fragte sein Bruder ungläubig.

„Bestimmt!“

„Glaub ich nicht.“ Kai schüttelte den Kopf und ging einen Schritt auf den Wolfir zu. „Dann warst du es, den ich vorhin aus meinem Zimmer heraus am Waldrand gesehen habe?“

Rabak blickte auf und sah ihn mit feuchten Augen an. „I... Ich hatte mal wieder Schwierigkeiten, meine Tarnung aufrecht zu halten.“

„Du warst schon mal hier?“, fragte die Großmutter.

„Oh ja! Ich bin schon seit Tagen in der Gegend. Und dieses Haus erschien mir besonders verdächtig. Vampire gehen ein und aus. Werwölfe auch. Ich dachte, dies ist vielleicht ein guter Ort, um nach dem Drauga zu suchen. Und als ich heute Abend sah, dass es verlassen war, da ...“

„Verstehe“, unterbrach die Großmutter. „Aber warum irgendeine Riege deine Kara gefangen hält und du dieses Drauga benötigst, um sie zu befreien, das verstehe ich noch nicht so ganz.“

„Pah, die Riege!“ Rabak richtete sich gerade auf. Seine Stimme wurde nun wieder tief und kräftig. „Wenn ich den Namen schon höre, den sie sich gegeben haben. 'Riege der Richtigen'. Lächerlich! Eine Bande von Gaunern ist das. Fertig. Aus. Eine Bande von bösartigen Gaunern. Das ist alles. Seit den Geschehnissen der Wahnnacht haben wir nichts so sehr geachtet wie Freiheit, Recht und Gerechtigkeit. Niemand musste Kränkungen und Ausgrenzung erdulden, nur weil er anders war. Aber dann kamen diese Fremden. Keiner weiß, woher sie gekommen sind. Plötzlich waren sie da. Seltsam, nicht wahr? Kaum waren sie aufgetaucht, scharten sie Anhänger um sich.

Wolfire, die nichts anderes im Kopf haben als Macht und die auf Rache für die Wahnnacht aus sind.“ Er schüttelte den Kopf und machte eine kurze Pause. Dann fuhr er mit ruhiger Stimme fort. „Verrückt, finden Sie nicht? Nach all den Jahrhunderten noch so viel Hass.“

„Rache für die Wahnnacht?“ Opa Gismo riss die Augen auf. „Aber ...“

„Ich weiß“, unterbrach ihn Rabak. „Sie haben es vorhin selbst gesagt. Es ist Generationen her. Keiner von damals existiert noch, auf die eine oder andere Weise.“ Er verzog die Lefzen zu einem feinen Grinsen. „Die Riege ist eben nicht ganz dicht im Oberstübchen.“ Er machte mit dem Zeigefinger kreisende Bewegungen am Kopf. „Aber es wäre ein Fehler, sie nicht ernst zu nehmen“, fuhr er in finsterem Ton fort. „In einer einzigen Nacht hat sie die Macht an sich gerissen. Und nun terrorisiert sie uns. Nimmt uns unsere Freiheit. Jeder, der irgendwie anders ist, als es die Riege will, wird gnadenlos verfolgt. Weggesperrt.“

„Das klingt ja katastrophal!“, rief die Großmutter.

„Es ist katastrophal“, sagte Rabak. „Deshalb gehören Kara und ich auch zu denjenigen, die im Verborgenen gegen die Riege kämpfen. Aber neulich haben sie Kara geschnappt. Seither gibt es keine Spur mehr von ihr.“ Er schob das Gesicht näher an die Oma heran. „Gorx ist glücklicherweise ganz nah an der Riege dran. Aber einer von uns. Der Arme muss ein Doppelleben führen. Ich beneide ihn wirklich nicht darum. Guter Gorx. Er hat mir berichtet, dass Kara von der Riege gefangen gehalten wird und wollte herausfinden, wo genau sie hingebracht wurde. Und wie ich sie am besten befreien kann. Aber er kam ja nicht." Rabak rieb sich über die Wange. „Wenn ihm nur nichts zugestoßen ist."

„Nun wird mir einiges klar", sagte Kai.

„Ich glaube ihm nicht. Auch wenn er noch so sehr auf die Tränendrüse drückt", meinte Gangolf.

„Moment mal." Kurt machte einen langen Hals. „Mir schwant da etwas."

„Ach ja?", fragte Gangolf.

„Ja." Der Rabe wandte sich dem Wolfir zu. „ Herr Rabak ..."

„Rabak. Einfach nur Rabak."

„Oh, natürlich. Also, Rabak. Darf ich fragen, was dieses Drauga eigentlich ist?" Die Stimme des Raben klang aufgeregt.

„Das Drauga? Nun, es ist eine Art ... Wie soll ich sagen? 'Wasser' trifft es nicht ganz, doch fällt mir kein besserer Begriff ein. Das Drauga wird in unseren alten Mythen erwähnt, weshalb viele Wolfire auch nicht an seine Existenz glauben. Aber es existiert! Gorx hat es mir erzählt! Er hat gehört, wie sich Mitglieder der Riege darüber unterhalten haben."

„Das genügt Ihnen als Beweis für seine Existenz?", fragte Gismo.

„Ich klammere all meine Hoffnungen daran."

Gangolf verdrehte die Augen. „Wenn Sie meinen ..."

Der Wolfir sprang so schnell auf Gangolf zu, dass Gerrith vor Schreck einen Satz nach hinten machte. Er packte den Vampir, riss den Mund auf und schrie, als befreite er sich in diesem Augenblick all seiner angestauten Wut und Verzweiflung. „Was weißt du, hm? Was weißt du denn schon?" Die messerscharfen Eckzähne schwebten knapp über dem Hals des Vampirjungen. „Ich werde das Drauga finden. Und ich werde Kara retten. Hast du mich verstanden?“

„J... Ja, ja, schon gut!“ Gangolf versuchte, sich aus dem Griff des Wolfirs zu befreien.

„Rabak! Rabak! So beruhigen Sie sich doch!“ Gesine schlug die Hände über dem Kopf zusammen.

Der Wolfir schnaubte und ließ von Gangolf ab. „Ich werde es schaffen!“, zischte er und stellte sich wieder neben das Sofa.

Eine Weile herrschte betretenes Schweigen. Dann versuchte es Kurt erneut. „Nun, ähm, wenn ich noch mal auf das Drauga zu sprechen kommen dürfte. Du ... Ich darf doch 'du' sagen?“

Rabak nickte. „Ihr dürft alle 'du' sagen. Bei uns duzt sich jeder.“

„Schön. Also. Ihr werdet mich jetzt vielleicht für verrückt halten, aber ich glaube, ich habe soeben die Lösung des Problems gefunden!“

„Ach, echt?“ Gerrith zog die Augenbrauen hoch.

„Ja. Ich glaube nämlich, dass das Drauga, das unser Freund hier sucht, der Saft der Trügerischen Trautelbeere ist.“

„Bitte?“ Die Großmutter horchte auf. „Wie kommst du denn darauf?“

„Wie ihr wisst, habe ich eine geradezu sprichwörtliche Kombinationsgabe. Ich denke, das kommt durch die vielfältigen Probleme, die sich beim Nestbau ergeben. Ja, doch. So muss es sein. Erst neulich hatte ich wieder ein logistisches Problem erster Güte zu lösen, als mein Vetter vierten Grades ...“

„Kurt!“

„´tschuldigt, bitte. Ich schweife ab, ich weiß. Jedenfalls ... Wo war ich denn jetzt stehen geblieben? Ah, ja. Ich hatte ja noch gar nicht angefangen.“ Er gluckste und fuhr dann fort: „Passt auf. Rabak sucht ein rätselhaftes Wasser, wie er es nennt. Und er glaubt, es ist hier zu finden. Und nun frage ich euch: Welche Flüssigkeit in diesem Haus ist seltsam genug, um in Mythen vorzukommen? Welche hat auch bei den Vampiren einen besonderen Ruf? Wenn ihr mich fragt, gibt es da nur eine. Der Saft der Trügerischen Trautelbeere!“

„Kurt!“ Gesine klatschte in die Hände.

„Nicht klatschen, werft Fressalien!“ Kurt breitete die Flügel aus und lachte lauthals.

„Kann es sein?“, fragte Gottfried an Rabak gewandt. „Kann es sein, dass du den Saft der Trügerischen Trautelbeere meinst?“

Rabak überlegte kurz. „Ich weiß es nicht. Ich kenne das Drauga unter diesem Namen nicht. Aber es wird angeblich aus einer seltenen Beere hergestellt, soviel ist mir bekannt.“

Kai ging zum Bücherregal und holte den Kolben mit seiner Vampiressenz hervor. „Dann könnte es wirklich der Saft der Trügerischen Trautelbeere sein“, murmelte er.

„Ist das da dieser Beerensaft?“ Rabak zeigte mit zittriger Hand auf den Kolben.

„In gewisser Weise ja“, sagte die Großmutter. „Aber dieser ist bereits benutzt worden und nicht mehr rein.“

„Oh.“ Rabak machte ein enttäuschtes Gesicht. „Schade. Rein muss er sein.“ Er sah Kai dabei zu, wie er den Kolben wieder in das Regal zurückstellte. „Wirklich schade. Ich dachte schon, ich hätte Glück gehabt.“

Oma Flammersfeld grinste. „Vielleicht kann ich dir trotzdem helfen. Warte einen Moment."

Sie ging aus dem Wohnzimmer und kam kurz darauf mit einem Kristallflakon in der Hand zurück. „Hier", sagte sie. „Ich habe mehr Saft hergestellt, als wir für die Zeremonie des Marterwehs benötigten, als Kai von einem Vampir wieder zu einem Mensch wurde. Ich dachte mir: Man weiß ja nie. Und siehe da, nun können wir ihn gebrauchen."

Rabak riss die Augen auf. „Ist er rein?"

„Aber ja doch! Ganz rein. So rein, wie er aus der Presse kam." Die Großmutter schmunzelte.

„Ich kann es kaum glauben", staunte Rabak mit zittriger Stimme.

„Na, wunderbar. Jedenfalls einem konnte heute offenbar geholfen werden", stöhnte Kai.

„Wie darf ich das verstehen?", fragte Rabak nach, wobei er den Flakon nicht für eine Sekunde aus den Augen ließ.

„Wir hatten heute keinen sehr erfolgreichen Abend."

„Lass den Kopf nicht hängen, Kai." Gutta trat neben ihn und legte die Hand auf seine Schulter. „Wir werden Sandra finden!"

Rabak nahm den Blick vom Flakon. „Was sucht ihr?"

„Nicht was, Rabak. Wen. Sandra! Kais Menschenfreundin", erklärte Gutta.

„Sandra? Hm, was für ein komischer Name. Wie sieht sie denn aus? Vielleicht habe ich sie während der letzten Tage in der Gegend gesehen?"

„Sicher nicht." Kai winkte ab.

„Oder ist dir ein Mädchen mit roten Haaren über den Weg gelaufen?", fragte Gerrith.

„Mir ist überhaupt kein Mädchen über den Weg ge..." Rabak stockte. „Sag das noch mal. Welche Haarfarbe hat sie?"

„Rot."

Rabak rieb sich das Kinn. „Hm ... Könnte es sein? Könnte es wirklich sein?"

„Rabak!" Kai packte ihn an der Schulter und drehte ihn zu sich. „Sag schon! Was weißt du? Wenn du etwas weißt, musst du es uns sagen!"

„I... Ich will keine unnötigen Hoffnungen wecken, aber ..."

„Aber was?" Kais Atem ging stockend.

„Gorx hat mir von einem rothaarigen Menschenmädchen erzählt. Es könnte natürlich eine Falschmeldung gewesen sein. Oder irgendein anderes Mädchen mit roten Haaren. Aber angeblich wird ein rothaariges Menschenmädchen von der Riege festgehalten."

Kai schrie auf. „Rabak, wenn das stimmt, dann ..."

„Beruhige dich, Kai." Die Großmutter fuhr ihm durchs Haar.

Doch Kai bebte vor Aufregung. „Was weißt du noch?"

„Ach, Junge." Der Wolfir schüttelte den Kopf. „Ich würde dir wirklich gern weiterhelfen. Aber mehr hat Gorx nicht berichtet. Er ist nah an der Riege dran, aber kein Mitglied. Er weiß bei Weitem nicht alles. Einer Sache aber kannst du dir sicher sein. Wenn die Riege deine Freundin gefangen hält, wird sie nicht in unserem normalen Gefängnis sein. Oh nein! Sicherlich nicht." Die letzten Worte betonte Rabak besonders stark. „Es hätte sich herumgesprochen, wenn ein Menschenmädchen in unserem gewöhnlichen Gefängnis sitzt. Ganz bestimmt hätte es das. Nein, für solche Spezialfälle hat sich die

Riege etwas ganz Besonderes ausgedacht." Rabak malte mit den Zeigefingern Anführungszeichen in die Luft, als er das Wort Spezialfälle aussprach. „Für so etwas gibt es die Halle der Gefangenen Seelen."

„Die Halle der Gefangenen Seelen?", wiederholte Gesine verwundert. „Da klingt ja der Name schon nicht gut, wenn ihr mich fragt."

„Oh, das ist auch nicht gut", sagte Rabak. „Die Halle ist der bestabgeschirmte Ort, den ich kenne. Keiner kommt dort hinein. Nur ausgesuchte Mitglieder der Riege."

„Na toll", stöhnte Gerrith.

Rabak grinste ihn an. „Nicht den Kopf hängen lassen. Wenn eure Freundin in der Halle ist, kann uns Gorx sicher helfen."

„Aber wird er es auch tun?", fragte Kai.

„Rabak, wenn du uns hilfst, soll es dein Schaden nicht sein." Mit einer feinen Bewegung des Handgelenks ließ die Großmutter den Kristallflakon vor Rabaks Gesicht baumeln.

Die Augen des Wolfirs weiteten sich und ein feines Grinsen umspülte seine Lippen. „Hilfst du mir, so helf ich dir."

„Wenn Sandra bei euch ist, werden uns die Schlüssel helfen, zu ihr zu gelangen", sagte Kai leise.

Rabak kratzte sich am Kopf. „Schlüssel? Was für Schlüssel? Für die Halle der Gefangenen Seelen gibt es keine Schlüssel, soweit ich weiß."

„Nein, nein, Rabak, von solchen Schlüsseln redet er nicht", winkte Opa Gismo ab.

„Allerdings, macht euch auf eines gefasst. Auch ihr werdet mit Sicherheit das Drauga benötigen", sagte

Rabak. „So eure Freundin in der Halle der Gefangenen Seelen ist, dann ist sie, wie Kara, etwas Besonderes. Und darauf passt die Riege sehr gut auf."

„Sie werden ihr doch nichts angetan haben?", fragte Gesine sorgenvoll.

„Sicher nicht, solange sie sich einen Nutzen von ihr versprechen", sagte Rabak. „Aber die Riege sorgt dafür, dass diese Gefangenen in einem Trancezustand verharren, aus dem sie nur durch Mitglieder der Riege erweckt werden können. Oder eben mit Hilfe des Drauga." Seine Worte verhallten und eine Weile herrschte betretenes Schweigen.

Dann riss Kai den Umhang herum und wollte aufbrechen. „Worauf warten wir noch? Lasst uns gehen!"

„Moment noch, junger Herr. Nicht so eilig." Rabak hielt Kai zurück. „Wir können nicht einfach bei den Wolfiren auftauchen. Ihr seid dort schließlich nicht sehr willkommen. Ich muss zuerst herausfinden, wie ich euch am besten zu uns bringe. Es darf niemand bemerken, dass ihr da seid. Niemand."

„Rabak! Wir haben vielleicht nicht viel Zeit." Kai schnaufte.

„Willst du deiner Freundin helfen oder auf dem Weg zu ihr umkommen? Die Riege kennt keine Gnade. Am Abend des zweiten Tages brechen wir auf." Rabaks Tonfall erlaubte keinen Widerspruch.

„Was? In zwei Tagen erst?" Kai blickte ihn fassungslos an.

Der Wolfir hob die Hand. „In zwei Tagen! Ich werde einen Weg finden, aber ihr müsst mir ein wenig Zeit geben."

„Kannst du das versprechen?“ Die Großmutter legte die Stirn in Falten.

Rabak lächelte. „Die Wälder der weiten Ebene bieten durchaus noch Schlupflöcher.“

„Die Wälder der weiten Ebene?“, wiederholte Opa Gismo. „Dann lebt ihr neben dem Sankt Anna-Thal? In Nachbarschaft der Werwölfe?“

„Ach, die Werwölfe.“ Rabak machte eine abfällige Handbewegung. „Die bemerken nichts. Die sind so blind wie ihr Vampire, wenn es um uns Wolfire geht. Wir wissen schon, wie wir sie uns vom Halse halten. Und irgendwann werden sie ihre Stadt wieder verlegen.“

„Es soll ja nicht mehr lange dauern“, sagte Gutta.

„Pah! Ein Glück! Sie sind laut und tun so, als gehörten das Tal und der Wald nur ihnen.“ Rabak wischte eine Motte weg, die vor seinem Gesicht flatterte. „Dann habe ich jetzt eine Aufgabe zu erledigen, nicht wahr?“ Er blickte in die Runde und machte Anstalten zu gehen.

„Augenblick, mein Lieber!“ Die Großmutter hielt ihn zurück. „Hast du nicht etwas vergessen?“

Sie zeigte auf die Unordnung, die er hinterlassen hatte.

„Erst wird das Chaos hier beseitigt, dann kannst du gehen.“

Mit einer auffordernden Geste drückte sie ihm eine Apfelsine in die Hand, die sie zuvor vom Boden aufgehoben hatte. „Kommt da drüben in die Obstschale“, sagte sie und grinste dabei über beide Ohren.

5

BORIS – 22. TAG NACH DEM BISS

Kai richtete sich auf. Sein Kopf fühlte sich schwer an. Er rieb sich die Augen und stieg aus dem Sarg.

Alles war still.

Er schlüpfte in die Schuhe und schlurfte zum Vorhang, der ihn vor den hellen Sonnenstrahlen geschützte hatte und hinter dem warmes, goldenes Licht hervorschimmerte. Instinktiv zuckte er zurück. Dann huschte ein Lächeln über sein Gesicht. Er nahm ein Stück des Vorhangs zwischen Daumen und Zeigefinger, zupfte vorsichtig daran und zog ihn langsam zur Seite. Das Abendlicht strömte ins Zimmer und tauchte alles in freundliche, orangefarbene Töne.

Kai blickte sich um und ein angenehmes, wohliges Gefühl floss durch seinen Körper. Er sah aus dem Fenster auf die Wiese und den angrenzenden Wald, in dessen Baumkronen Vogelschwärme einen Platz für die Nacht suchten.

Wie spät es wohl sein mochte?, schoss es ihm durch

den Kopf. Er schaute auf die Armbanduhr. Es war noch recht früh am Abend. Sein Blick wanderte wieder aus dem Fenster. Die Sonne stand halbversunken über den Wipfeln und Kai sah fasziniert zu, wie sie hinter dem Wald unterging und den Tag verabschiedete.

Dann hatte er eine Idee. Er huschte zum Stuhl hinüber, zog seinen Vampirumhang von der Lehne und warf ihn über die Schultern. Er wartete kurz, bis die Sonne ganz hinter den Bäumen verschwunden war und ging hinunter ins Wohnzimmer.

„Oma?“

Er spähte in die Küche. Nein, dort war sie nicht. Dafür aber fiel sein Blick auf ein Stück Käse, das auf einem Teller lag. „Kann ich ja jetzt wieder“, flüsterte er freudestrahlend und biss genüsslich eine Ecke des Käses ab.

„Oma?“

Er ging ins Wohnzimmer zurück. Im Regal lagen Block und Stift. Hastig kritzelte er eine Nachricht aufs Papier, riss die Seite vom Block ab und legte sie auf den Tisch. Mit einem Grinsen trat er aus dem Haus, knöpfte den Umhang am Kragen zu und erhob sich in die Luft.

Der warme Abendwind strich über sein Gesicht und mit einem tiefen Atemzug stieg er höher und höher, bis die Bäume nur mehr kleine Punkte waren, die unter ihm dahinrasten. Das Haus seiner Eltern war eine ordentliche Flugstrecke entfernt.

Der Wald wurde lichter und nun tauchte auch der kleine Fluss auf, der behäbig die Landschaft durchschnitt. Dann, nach einigen weiteren Minuten, erschien das erste Haus, das die Stadt ankündigte. Kai schmunzelte. Er wusste, wer dort wohnte: sein Mathematiklehrer Streßberg.

Er flog eine Linkskurve und folgte dem Straßenverlauf am Rand der kleinen Stadt entlang. Auf einmal blieb er abrupt in der Luft stehen. Direkt unter ihm lag das große Gebäude seiner Schule. Aus dem oberen Stockwerk drang Licht. Kai stutzte. Wer war um diese Uhrzeit in der Schule? Neugierig segelte er auf das Gebäude zu und landete vorsichtig auf dem Fenstersims eines der beleuchteten Zimmer. Er presste sich fest an das Mauerwerk und rutschte behutsam an die Scheibe heran. Durch die halbgeöffneten Fenster drangen Stimmen.

Kai lugte in das Klassenzimmer. Dort sah er seine Klassenlehrerin Frau Siebeldinger, vor der Kinder im Halbkreis auf dem Boden saßen. Sie hatte ein großes Buch in den Händen, aus dem sie den Kindern vorlas.

Kai schluckte. All seine Klassenkameraden waren da! Der dicke Tobias lag etwas abseits auf dem Rücken und wenn Kai es richtig erkennen konnte, war er bereits eingeschlafen. Ganz vorn, direkt vor Frau Siebeldinger, saß Frank und klebte ihr an den Lippen. Kai musste grinsen, denn er wusste, dass Frank Frau Siebeldinger anhimmelte.

Etwas weiter hinten, in einer anderen Ecke des Klassenraumes, lagen Isomatten und Schlafsäcke. Ein paar seiner Freunde hatten sich mit Büchern dorthin zurückgezogen und waren in die Schmöker vertieft. Und ganz vorn, auf dem ersten Schlafsack, war das nicht Anna? Ja, doch, sie musste es sein. Anna hatte ihre langen Haare nach vorn fallen lassen und ihr Buch darunter begraben, so als ob sie eine Höhle aus Haaren formte, in der sie ungestört lesen konnte.

Als die Zimmertür geöffnet wurde, nahm Kai den Blick von Anna und erschrak. Sein Spiegel-Ich betrat den Raum, ging zum Schlafsack neben Anna und ließ sich im Schneidersitz darauf nieder. Anna war so sehr in ihr Buch vertieft, dass sie davon nichts bemerkte. Der Spiegel-Kai blickte mit versteinerter Mine zum Fenster. Kai spürte einen stechenden Schmerz in der Magengegend, als sich ihre Blicke trafen. Nach einer Weile, die Kai wie eine halbe Ewigkeit vorkam, verzog der Spiegel-Kai die Lippen zu einem feinen Lächeln. Doch es war kein freundliches Lächeln, keines, das Kai hätte denken lassen können, dass sein Spiegel-Ich sich freute, ihn zu sehen. Vielmehr hatte Kai den Eindruck, dass das Lächeln des anderen Kais etwas Geheimnisvolles und Teuflisches hatte.

Der Spiegel-Kai streckte die Hand aus und ließ sie, ohne auch nur eine Sekunde den Blick von Kai zu nehmen, in eine Schale Süßigkeiten verschwinden, die neben Anna stand. Langsam, ganz langsam holte er sie wieder hervor und stopfte sich eine ganze Handvoll Gummibärchen und Schokolade in den Mund.

„Was machst du da?“, flüsterte Kai und beobachtete, wie sein Spiegel-Ich abermals eine Handvoll Süßes aus der Schüssel fischte und in sich hineinstopfte. Dann erhob er sich wie in Zeitlupe, grinste Kai noch einmal an und ging betont langsam aus dem Klassenzimmer. Im selben Augenblick tastete Anna nach den Leckereien und als sie bemerkte, dass fast die ganze Schüssel leer war, warf sie die Haare in den Nacken und sah verwundert auf ihre Süßigkeiten.

„Hey, wer hat ´n hier einfach von meinen Sachen

gegessen?", hörte Kai sie protestieren und sah zeitgleich, wie die Tür des Klassenzimmers ins Schloss fiel.

Frau Siebeldinger hatte mittlerweile ihre Lesung beendet und schlug das Buch zu.

„So, nun dürft ihr wieder selbst lesen, Kinder", sagte sie und erhob sich vom Stuhl. „Wir machen nachher noch eine Runde." Sie ging zu einem Tisch, der an der Wand stand und zeigte auf all die Sachen, die darauf standen: Pizzastücke, Salate, belegte Brote und Getränke. „Nicht, dass ihr vor lauter lesen vergesst zu essen, ja?", rief sie und nahm sich ein Käsebrot.

„Frau Siebeldinger?" Ein Mädchen zupfte am Blazer der Lehrerin. Es war Alexandra, Kai erkannte sie sofort.

„Hmm, wasch isch denn?", fragte Frau Siebeldinger mit vollem Mund.

„Warum ist Sandra eigentlich nicht gekommen?"

Kai zuckte zusammen, als er Sandras Namen hörte.

„Wer?"

„Sandra. Sie ist schon eine Weile nicht in der Schule gewesen. Ist sie krank, Frau Siebeldinger?"

„Kind ..." Frau Siebeldinger schluckte den Bissen Brot hinunter. „Ich weiß nicht von wem du sprichst. Welche Sandra?"

„Aber ..."

„Nun iss erstmal etwas und lies in deinem Buch, ja?" Frau Siebeldinger schob Alexandra zu den Tellern und drückte ihr einen davon in die Hand. „Und nimm auch Salat und nicht nur Pizza, ja?", sagte sie lachend, während sie sich etwas Mineralwasser einschenkte.

Kai wandte sich vom Fenster ab und rutschte in die Ecke des Simses.

Ihm wurde abwechselnd heiß und kalt und er spürte, wie es ihm feucht den Rücken hinunterlief.

Oh mein Gott! Es geht los! Es geht los!, schoss es ihm durch den Kopf.

Er wischte Schweiß von der Stirn, lehnte sich gegen die Wand und atmete schwer aus.

Tausend Gedanken vernebelten ihm die Sinne. Wann würde es bei ihm anfangen? Wie viel Zeit hatte er noch? Wie viel Zeit, bis auch er beginnen würde, seine Freundin zu vergessen? Wie viel Zeit, bis sein Spiegel-Ich sich einer Vereinigung widersetzen würde? Wie viel Zeit? Wie viel Zeit?

Die Worte taten ihm weh. Diese Gedanken taten ihm weh. Er krümmte sich zusammen, verzog das Gesicht und weinte lautlos.

Ein scheußliches Gefühl überkam ihn. Das Gefühl, als laste etwas Schweres auf seiner Brust, etwas, das ihm das Atmen fast unmöglich machte. Er ließ sich vom Fenstersims fallen und stob davon. Schneller, immer schneller und schneller sauste er durch die Luft, spürte, wie ihm der Wind das Haar zerzauste und die Tränen trocknete. Er streckte den Körper und schoss kerzengerade in den dunkelblauen Himmel empor. Wie ein Pfeil durchschnitt er die Luft, die an seinem Umhang zerrte und den Stoff herumwirbelte. Dann drehte er sich um sich selbst, machte eine Wende und stürzte nach unten, dem Erdboden entgegen. Die Dächer der Stadt kamen näher. Lichter, klein wie Stecknadelköpfe, aufgereiht wie leuchtende Perlen auf einer Schnur, wurden größer, wurden zu Straßenlaternen und Gartenlichtern. Kai fühlte sich von ihnen seltsam magisch angezogen. Er drehte ab, gewann wieder an Höhe und folgte den leuchtenden Ketten aus Straßenlaternen, bis er an einem bestimmten Haus angekommen war. Dort stoppte er ruckartig vor einem dunklen Fenster, das halb offen stand. Er hob die Hand und zog es auf. Nachdem er sich vergewissert hatte, dass niemand in dem dahinter liegenden Raum war, schwebte er vorsichtig in das Zimmer. Geräuschlos setzten seine Füße auf dem Boden auf.

Irgendwoher aus dem Hintergrund kam Musik. Beethoven! Tante Ursel war also zu Hause. Kai ging einige Schritte, stellte sich in die Mitte des Raumes und sah sich um. Alles war so aufgeräumt, so ordentlich. So unbewohnt. Über dem Bett lag eine faltenlos gezogene Tagesdecke. Alle Bücher, die Sandra sonst auf dem Nachttischchen liegen hatte, waren weggeräumt. Kai drehte sich zum Schreibtischstuhl, über dem sonst immer Sandras Klamotten hingen. Aber dort war nichts. Keine Hose, kein T-Shirt, nichts erinnerte daran, dass seine Freundin dieses Zimmer bewohnt hatte. Und wo waren all die Stofftiere? Kai eilte zum Schrank und riss die Türen auf. Irgendwo mussten doch die Stofftiere sein, die Sandra so liebte. Doch der Schrank war leer. Kai stieß die Türen zu und taumelte rückwärts. Tante Ursel also auch!

Er lehnte sich gegen das Fensterbrett. Die dunklen Töne der Streicher und die dumpfen Paukenschläge von Beethovens Musik hingen düster in der Luft. Kai fühlte sich elend, wie ein Tier, das in die Enge getrieben wurde. Die Welt war dabei, seine allerbeste Freundin zu vergessen. Es fühlte sich so kalt an. So endgültig.

Da fiel sein Blick auf etwas, das unter dem Bett hervorlugte. Er stieß sich vom Fensterbrett ab und ging zum Bett hinüber. Darunter lag ein Stofftier, dessen langer Rüssel hervorschaute. Kai griff danach und hob es auf.

„Boris!“, flüsterte er und hielt das Stofftier vor das Gesicht. Es war Sandras Lieblingsstofftier, das sie sich im Zoo gekauft hatte. Ein Kleinohrrüsselspringer, der wie eine lustige Mischung aus Maus und Mini-Känguruh aussah. Kai drückte Boris fest an sich. Vielleicht würde er ihm helfen, Sandra nicht zu vergessen. Aber er wusste, dass auch ein Stofftier nichts daran ändern würde.

Er ließ den Blick durch das Zimmer gleiten. „Ach, Sandra“, flüsterte er mit dünner, zittriger Stimme und wischte Tränen von den Wangen. Einmal mehr malte er sich die furchtbare Angst aus, die Sandra gehabt haben musste, als sie in den Spaltspiegel geraten war und in seinem Kopf spukten Bilder. Er hörte sie nach Hilfe rufen. Laut und verzweifelt. Und er, Kai, war nicht da.

„Weg, weg“, murmelte er, schüttelte den Kopf und machte wischende Handbewegungen in der Luft. Ihm wurde übel. Sein Magen krampfte und es fühlte sich an, als lägen tonnenschwere Steine darin.

Dann schreckte Kai plötzlich auf. Ein Gedanke schoss ihm durch den Kopf. Ein Gedanke klar wie Kristall. Ein Gedanke, der sich so richtig anfühlte, dass er alle Tränen versiegen ließ und die quälenden Gefühle in Nebel auflöste.

Er steckte Boris in die Umhangtasche und blickte sich noch einmal in Sandras Zimmer um. Dann hob er vom Boden ab und stob in den sternenklaren Abendhimmel.

6

DER BRODEM

War er je so schnell geflogen? Er wusste es nicht. Aber es fühlte sich gut an. Sehr gut sogar! Der Wind peitschte ihm um die Ohren, blies durch seine Haare und pustete unter den Umhang, als wolle er Kai wie einen Spielball durch die Luft wirbeln. Nach einiger Zeit sah er das Sommerhaus seiner Großmutter unter sich und stürzte darauf zu. Er landete, eilte zur Haustür und ging ins Wohnzimmer. Wo war er? Wo hatte seine Oma ihn hingestellt? Er suchte das Bücherregal ab, durchwühlte die Schubladen des Esszimmerschränkchens und schaute sogar hinter das Sofa. Irgendwo musste sie ihn doch versteckt haben. Vielleicht in ihrem Zimmer? Er ging über den Flur und blieb vor der Zimmertür stehen. Ein wenig unwohl war ihm schon zumute, einfach so in das Zimmer seiner Oma zu gehen. Aber es musste sein! Entschlossen drückte er die Klinke und schlüpfte in den Raum. Er knipste das Licht an und blickte sich um. Wo konnte er sein? Er öffnete den Kleiderschrank und schob die Mäntel und Jacken beiseite.

Und da war er! Der Kristallflakon mit dem ungebrauchten Saft der Trügerischen Trautelbeere! Überrascht sah er, dass daneben noch einige weitere Fläschchen mit Trautelbeerensaft standen. Kai grinste, griff nach dem ersten Fläschchen und flüsterte: „Entschuldige, Oma. Aber das hier ist mein Schlüssel zum Erfolg!“, während er es in die Umhangtasche steckte.

Er schloss den Schrank, knipste das Licht aus und huschte über den Flur zurück zur Haustür. Nachdem er sie zugezogen hatte, atmete er tief durch. Tat er das Richtige? Die Gedanken überschlugen sich in seinem Kopf. Doch es fühlte sich richtig an. So verdammt richtig.

Mit aller Kraft stieß er sich vom Boden ab und eilte davon.

Die Straßen der Stadt hatte er hinter sich gelassen und der scheinbar endlose Wald raste nur so dahin. Die alten Eichen streckten die knorrigen Äste von sich, während die Tannen ihre Stämme wie Nadeln in den Himmel reckten.

Nach einiger Zeit tauchte ein Fluss auf, der die Landschaft wie eine Ader durchzog und nach einigen weiteren Minuten überflog Kai einen großen See, in dem sich die Sterne wie winzige Lichtpunkte spiegelten und die Mondsichel einem kleinen Boot gleich auf der Wasseroberfläche schaukelte. Kai zischte wie ein Pfeil über den See. Dort, jenseits der Hügel, die sich am Horizont zeigten, lag das Sankt Anna-Thal. Und wenn er sich nicht täuschte, so befand sich etwas links davon, dort, wo die Hügel besonders steil aussahen, die Ebene, von der Rabak gesprochen hatte.

Er machte einen ausholenden Schwenk nach links und verlangsamte den Flug, als er die ersten Hügel knapp über den Baumwipfeln überflogen hatte. Vor ihm breitete sich nun die Ebene aus, die sich bis an den Horizont erstreckte. Weite Teile waren mit Gras bewachsen, das sich sanft im Nachtwind wiegte. Dazwischen ragten Waldflächen wie Inseln aus einem Meer hervor.

Er musste vorsichtig sein. Vielleicht hatte die Riege Wachen, die mit Argusaugen den Himmel absuchten. Er schwebte auf einige Wipfel zu und landete neben dem Stamm einer Buche. Hier, im Schutze all der alten, krumm gewachsenen Bäume, fühlte er sich sicherer.

Er ging bis an den Rand des Waldes und spähte auf die Graslandschaft. Was nun? Kai kratzte sich an der Stirn. Die Ebene war so unendlich viel größer, als er sie sich vorgestellt hatte. Vielleicht war es doch vermessen gewesen zu glauben, er könne Rabak ausfindig machen und noch heute Abend mit der Suche nach Sandra beginnen.

Er blickte hinüber zu einer Waldinsel, die einige Hundert Meter von ihm entfernt aus dem Gras ragte. Plötzlich erschrak er.

Was war das?

Er zuckte zurück, presste sich an einen Baumstamm und lugte vorsichtig dahinter hervor.

Da! Da war es wieder!

Er kniff die Augen zusammen. Am Rand der Waldinsel tauchte etwas auf, hell und groß und verschwommen, so als verwischte heiße Luft die Umrisse, verschwand dann wieder, doch nur, um im nächsten Augenblick erneut zu erscheinen. Er schaute genauer. Wie sehr wünschte er sich in diesem Augenblick seine guten Vampiraugen zurück! Dann konnte er es sehen. Das, was dort bei den Bäumen stand, war ein Haus!

Kai schluckte.

Konnte es wirklich sein? Er war sich sicher, dass dort eben noch kein Haus gestanden hatte. Er drückte seinen Körper fester an den Stamm und sah mit einer Mischung aus Neugier und Angst zu dem Haus hinüber. Eine dunkle Gestalt huschte schattengleich durch das hohe Gras. Sie hielt kurz inne und Kai glaubte, dass sie in seine Richtung blickte.

Das Herz raste in seiner Brust.

Die Gestalt machte einen Schritt auf ihn zu und verharrte für einen Moment, drehte dann aber wieder um.

Die Tür wurde geöffnet und die Gestalt trat in das Haus. Sie schloss die Tür und im nächsten Augenblick war es, als zöge die heiße Luft erneut auf, als zerflössen die Umrisse des Hauses. Und dann war nichts mehr vom Haus zu sehen. Es war weg. Einfach weg!

Kai durchzog ein Schauder. Er lehnte sich gegen den Baumstamm und fühlte jeden pochenden Schlag seines Herzens. Er hatte einen Wolfir gesehen. Ja, bestimmt hatte er das. Was sollte dieses Wesen sonst gewesen sein?

Er blinzelte zum Wäldchen hinüber. Plötzlich spürte er den starken Druck einer Hand auf der Schulter. Eine weitere drückte hart gegen seinen Mund.

„Bist du wahnsinnig?“, herrschte ihn jemand an.

Der Schreck schoss wie ein Blitz durch seinen Körper, sodass ihm für eine Sekunde die Beine versagten. Er wollte schreien, doch die Hand über seinem Mund presste noch fester auf die Lippen. Kai wurde herumgerissen und blickte in die vor Wut blitzenden Augen Rabaks.

„Bist du wahnsinnig?", fragte der Wolfir noch einmal.

Rabaks Griff schmerzte.

„Was tust du hier?" Die Stimme des Wolfirs bebte.

Einen Moment lang blickten sie einander stumm an. Dann zog Rabak langsam die Hand von Kais Lippen.

„I... Ich ..."

„Nicht hier. Komm!" Der Wolfir packte Kai am Arm und zog ihn mit sich. Sie schlichen am Rande des Graslandes entlang und tauchten schließlich in die Gräser ein. Schweigend durchpflügten sie das Meer aus hochgewachsenem Grün, bis sie an einer der Waldinseln angekommen waren, wo sie aus dem Gras heraustraten und hinter einer knorrigen Eiche verschwanden.

„Junge, was um alles in der Welt machst du hier?" Rabak schüttelte den Kopf. „Wenn dich jemand sieht, dann ... Ich darf gar nicht daran denken!"

„Ich habe dich gesucht", sagte Kai leise.

„Mich? Ich habe doch gesagt, dass ich übermorgen ..."

„So lange kann ich aber nicht warten."

Rabak blickte ihn durchdringend an. „Du hast Glück, dass ich dich gefunden habe und nicht eine der Wachen der Riege oder irgendein anderer Wolfir."

„Mag sein. Aber ich habe keine Zeit zu verlieren. Ich muss Sandra suchen und wenn sie vielleicht bei euch Wolfiren ist ..." Kai drückte mit dem Arm gegen den Umhang und spürte Boris in der Tasche.

„Ach, Junge." Rabak schnalzte mit der Zunge. „Glaube mir, niemand versteht dich besser als ich." Er hielt kurz inne, blickte sich um und legte dann den

Zeigefinger auf die Lippen. „Dies ist kein guter Ort für dich. Komm!"

Er führte Kai weiter in den Wald hinein.

„Weißt du", flüsterte er, während sie sich durch das Gestrüpp kämpften, „die Riege hat überall Augen und Ohren. Deshalb wollte ich zunächst einen sichereren Weg für euch suchen. Aber wenn du schon einmal hier bist ..."

Sie traten auf eine Lichtung, die von uralten Eichen umrahmt war.

„Halt!" Rabak hob den Arm. Er drehte sich zu Kai und schob das Gesicht ganz nah an ihn heran. „Das hier solltest du eigentlich nicht sehen. Aber ich kann dich ja schlecht einfach so stehen lassen. Geh einen Schritt zur Seite!"

Rabak baute sich breit auf und holte tief Luft. „Erschrick aber nicht!", zischte er noch, dann kam ein tiefes, langes Fauchen aus seinem Rachen. Es war so dumpf und grollend, so tief und bebend, als käme es nicht aus dem dünnen Körper des Wolfirs, sondern aus einem finsteren, dunklen Loch. Der Wolfir veränderte sich entsetzlich. Sein Mund wurde zu einem rundlichen Schlund, zu einer klaffenden Öffnung, um die herum spitze, dolchartige Zähne hinter den Lippen herausstaken. Feine Spucketropfen fielen von seinem Kinn, als er mit vorgestrecktem Hals den Atem ausstieß, so dass es den Anschein hatte, als ob er die Bäume um ihn herum in die Flucht schlagen wollte.

Die Luft flimmerte; so, wie sie an einem heißen Sommertag über dem Boden flimmert, und auf einmal war alles anders. Der lockere Waldboden war festem

Grund gewichen und vor ihnen tauchte ein altes, windschiefes Holzhaus wie aus dem Nichts auf.

Rabak verstummte und sah im selben Augenblick wieder so aus wie der Rabak, den Kai kannte.

„Los, schnell. Rein da!“ Der Wolfir zog Kai ins Haus. „Nicht, dass uns im letzten Moment noch jemand sieht.“

Er schloss die Tür. „Ich habe dir eben bestimmt einen Schrecken eingejagt, hm?“, fragte er grinsend.

„Schon. Ein wenig.“

Rabak nickte. „Auf diese Art verschaffen wir uns Ruhe vor den Vampiren, Werwölfen und den Menschen. Wir verbergen unsere Welt quasi hinter einem Schleier, wenn du so möchtest.“ Er bat Kai mit einer Handbewegung ihm zu folgen und sie betraten das Wohnzimmer. „Seit Jahrhunderten eine äußerst effektive Methode!“ Rabak ging an den Kamin und legte Holz in die Glut nach. Sofort flammte ein knisterndes Feuer auf und tauchte den Raum in gelbliches Licht.

„Aber wie macht ihr das? Vorhin, da habe ich auch einen Wolfir gesehen, der ein Haus aus dem Nichts auftauchen ließ.“

„Was?“ Rabak fuhr herum „Du hast wirklich mehr Glück als Verstand! Wenn er dich bemerkt hätte, stünden wir Zwei jetzt nicht hier zusammen.“ Er schüttelte den Kopf, doch sogleich verzog er die Lippen zu einem feinen Lächeln. „Dann hast du den Brodem ja schon kennengelernt.“

„Den Brodem?“

„So nennen wir unsere Tarnung. Sie ist todsicher! Menschen und anderes Getier könnten durch dieses Haus gehen und würden es nicht bemerken.“

„Nnnein!“

„Doch!“

„Du meinst, eventuell geht in diesem Augenblick jemand durch dieses Zimmer? Durch uns hindurch?“

„Denkbar. Aber um diese Uhrzeit eher unwahrscheinlich. Manchmal merkt man es sogar. Es kribbelt dann ein wenig im Bauch.“

Kai zog die Augenbrauen hoch.

„Sind um uns herum noch mehr Häuser?“, fragte er.

„Nicht sehr viele.“ Rabak nahm eine Dose vom Wohnzimmertisch und öffnete sie. „Wir sind nicht gern zu dicht beieinander, weißt du. Eine Waselnuss?“ Er streckte Kai die Dose entgegen.

„Danke.“ Kai angelte etwas aus der Dose, das wie ein unförmiger, gelblicher Kegel aussah und steckte es in den Mund. Die Waselnuss zerfiel sofort, schmeckte bitter und süß zugleich und verströmte Aromen von Honig und Lavendel.

„Nimm ruhig noch mehr, wenn du möchtest. Sind auch ein paar Halnüsse dabei.“ Rabak stellte die Nussdose wieder auf dem Tisch ab. „Die sind nicht nur schmackhaft, sondern auch sehr gesund. Aber nun erzähl mir mal, warum du nicht bis übermorgen warten konntest.“

„Das ist eine lange Geschichte.“ Kai griff erneut in die Dose. „Aber ich muss einfach wissen, ob Sandra bei euch gefangen gehalten wird oder nicht.“

„Verstehe“, murmelte Rabak und nickte. „Dann eine andere Frage: Warum sollte ich dir helfen?“

Kai blickte ihn überrascht an. Mit dieser Frage hatte er nicht gerechnet. „I... Ich ... Wie meinst du das?“

„Nun, wir haben eine Abmachung, wenn ich mich nicht irre? Ich helfe euch herauszufinden, ob eure

Freundin sich bei uns befindet und wenn ja, wo sie ist und wie wir ihr helfen können und dafür bekomme ich das Drauga, um Kara zu retten. Richtig?“

„Richtig.“

„Warum also sollte ich mich in zusätzliche Gefahr begeben und dir jetzt helfen? Ohne Drauga?“

Kai ließ die Hand in der Umhangtasche verschwinden und zog langsam den Kristallflakon mit dem Saft der Trügerischen Trautelbeere hervor.

„Du meinst das hier?“, flüsterte er leise.

Rabaks Augen weiteten sich. „Ich sehe, du kommst nicht unvorbereitet, Junge.“ Er beobachtete, wie Kai das Fläschchen wieder im Umhang verschwinden ließ und sagte: „Du beginnst mir zu gefallen.“ Er grinste und zeigte dabei die scharfen Eckzähne. „Was, wenn ich es mir einfach nehme, hm?“

Kai bemerkte das gierige Glänzen in Rabaks Augen. „Oh, nun“, sagte er leise, „ der Kristallflakon ist sehr zerbrechlich. Etwas zu viel Druck und ...“ Er strich mit der Hand über die Stelle des Umhangs, wo das Fläschchen im Innenfutter steckte. „Und wie schnell ist der Saft verunreinigt. Ein eingetauchter Finger, ein hineingefallenes Haar genügen.“

Rabak lachte. „Mach dir keine Sorgen, Kai. Das war nicht ernst gemeint. Wir haben eine Abmachung. Und wir Wolfire sind ehrbare Wesen. Üblicherweise jedenfalls.“

„Das heißt, du hilfst mir?“

„Deine Eile wundert mich etwas. Wir müssen erstmal herausfinden, wo sich deine Freundin befindet, wenn sie denn wirklich bei uns ist.“

„Ich weiß.“

„Und wir werden sie heute sicher nicht befreien können. Schau uns an, wir sind zu zweit."

„Rabak, ich muss wissen, ob sie bei euch ist oder nicht. Bitte!"

Plötzlich klopfte es an der Tür.

Rabak riss die Augen auf.

„Erwartest du jemanden?", flüsterte Kai.

„Ich erwarte nie jemanden." Rabak schüttelte den Kopf.

Es klopfte abermals.

„Vielleicht ist es dein Freund Gorx?"

„Pssst!" Der Wolfir schlich vorsichtig zu einem Erker, schob mit dem Zeigefinger den Vorhang einen Spalt zur Seite und spähte hinaus.

„Ach nein!", sagte er dann und seiner Stimme war deutlich anzumerken, wie erleichtert er über den Besucher war, der dort vor der Tür stand. „Die habe ich ja nun am allerwenigsten erwartet." Er ging hinaus in den Flur und öffnete die Haustür.

„Qirva, meine Liebe! Das ist ja eine Überraschung!"

Kai hörte, wie die Haustür geschlossen wurde.

„Guten Abend, Rabak", sagte eine Frauenstimme. „Ich bin so froh, dass du zu Hause bist!"

Schritte näherten sich dem Wohnzimmer.

„Ich muss dir unbedingt etwas erzählen. Du wirst es nicht glauben, aber ..." Als die Wolfirin, die Rabak Qirva genannt hatte, über die Türschwelle trat und Kai erblickte, blieb sie wie versteinert stehen. „Oh!"

„Darf ich bekannt machen? Qirva, das ist Kai. Kai Flammersfeld. Und Kai, dies hier ist meine gute Freundin Qirva. Einfach nur Qirva."

„Hallo!" Kai streckte der Wolfirin die Hand entgegen,

die diese aber ignorierte und ihn stattdessen anstarrte, als habe sie den leibhaftigen Teufel vor sich.

„D... Rabak, ist das ... ein ... Mensch?“ Qirvas Stimme zitterte.

„Ja.“

„Ja?“

„Ja.“

„Aber, wie kommt ... Ich meine ... Was macht er in deinem Haus, Rabak?“

„Das ist jetzt nicht so wichtig. Du wolltest mir etwas erzählen?“

Qirva blickte irritiert zu Kai. „Äh, ... ja. Richtig. Ist er ... Ich meine, kann ich ...“

„Ja, er ist vertrauenswürdig. Sprich offen.“

„Na gut.“ Die Wolfirin sah Kai ungläubig an. „Es ist etwas geschehen. Etwas Furchtbares, Rabak. Die Riege hat Gorx geschnappt!“

Rabak erstarrte. „Wie bitte? Sag das noch mal.“

„Genaues wissen wir nicht. Aber er ist aufgeflogen und seit einiger Zeit verschwunden. Wie vom Erdboden verschluckt. Bran hat es mir erzählt.“

„Bran?“ Rabaks Stimme zitterte.

„Ja.“

„Der ist eigentlich sehr gut informiert.“

„Er versucht mehr herauszubekommen. Die Riege hat heute ihre wöchentliche Versammlung.“

„Hm, ich weiß.“

„Sie findet diesmal in der Präsidentenburg statt. Bran ist als Wache eingeteilt. Ein Glück für uns!“

Rabak bekam feuchte Augen. „Gorx. Armer Gorx. Deswegen also ist er nicht zum Treffpunkt gekommen.“

„Du bist hier nicht mehr sicher, Rabak.“ Qirva

machte einen Schritt auf ihn zu. „Wenn sie Gorx gefoltert haben, wenn er dich verraten musste, dann … Du musst hier weg. Dies ist kein guter Ort mehr für dich, hörst du?"

Rabak nickte.

„Du hast recht", sagte er und blickte zu Kai. „Komm, machen wir uns auf den Weg."

„Was habt ihr vor?"

„Wir sind beide auf der Suche", sagte Rabak.

Qirva kniff die Augen zusammen. „Du willst einfach nicht aufgeben, was?" Ihre Stimme wurde scharf wie ein Rasiermesser.

„Ich werde niemals aufgeben, Qirva. Niemals. Bis ich sie gefunden habe", antwortete Rabak ruhig.

„Ach, mein lieber Freund." Sie sah ihn mitleidfühlend an.

„Weißt du etwas von dem rothaarigen Mädchen?", fragte Rabak.

Qirva stutzte. „Welchem rothaarigen Mädchen?"

„Dem Menschenmädchen."

„Aber das sind doch nur Gerüchte."

„Das gilt es herauszufinden."

„Ihr wollt … Ja, aber … Hat sie etwas mit ihm da zu tun?" Sie zeigte auf Kai.

„Sie ist die Freundin von ihm da." Bei den letzten Worten ahmte Rabak Qirvas verwunderten Tonfall nach.

„Ich weiß nichts über das rothaarige Mädchen. Gar nichts."

„Schade."

„Was ist nur los?"

Rabak lächelte sie an und spielte mit dem Hausschlüssel in seiner Hand. „Wir haben noch etwas vor, Qirva."

„Du willst es mir nicht sagen. In Ordnung." Die Wolfirin nahm Rabak in den Arm und drückte ihn. „Irgendetwas hast du ausgeheckt, ich weiß es. Was immer es ist, passt gut auf euch auf, ja?"

Sie löste die Umarmung.

„Auf Wiedersehen, Kai." Sie winkte Kai zu und trat in den Flur. Rabak begleitete sie.

„Ich danke dir, dass du mir das mit Gorx gesagt hast, Qirva. Wirklich. Ich werde mein Haus für eine Weile verlassen, bis Gras über die Sache gewachsen ist."

„Mach das."

Kai hörte, wie die Haustür geöffnet wurde und wieder ins Schloss fiel. Kurz darauf stand Rabak vor ihm.

„Bereit?"

Kai nickte. „Und wohin gehen wir?"

„Dorthin, wo wir heute Abend vielleicht etwas über den Verbleib deiner Freundin erfahren können."

Sie verließen das Wohnzimmer und traten aus dem Haus ins Freie.

„Da lang!" Rabak zeigte auf einen Pfad, der ein Stück weiter vorn aus der Lichtung führte und ging los.

Kai drehte sich noch einmal um. Dort, wo eben noch Rabaks Haus gestanden hatte, war nun nichts mehr zu sehen als Gestrüpp und Waldboden. Dann holte er zu dem Wolfir auf und trat an dessen Seite.

7

DIE RIEGE DER RICHTIGEN

Lange gingen sie schweigend nebeneinander her. Kai kam dieser Pfad endlos vor. Schritt für Schritt führte er durch den dichten Wald, vorbei an uralten verwachsenen Bäumen, die wie Riesen wirkten, deren Arme weit von den Körpern abstanden. Die langen, gekrümmten Finger wollten nach Kai und Rabak greifen. Der Wind strich durch die Blätter, deren Rauschen wie ein Flüstern den Wald durchzog.

Keiner von beiden sagte ein Wort. Ab und zu blickte Kai verstohlen zu Rabak. Dem armen Kerl waren seine quälenden Gedanken als tiefe Falten in die Stirn gegraben.

„Rabak?“

„Hm.“

„Das mit deinem Freund Gorx, das tut mir wirklich leid.“

„Hm.“

Kai sah zu ihm hinüber und verstand. Er tastete nach Boris in der Umhangtasche und dachte an Sandra, so, wie Rabak an seine Frau Kara und seinen guten Freund Gorx dachte. Für den Rest des Weges fiel kein weiteres Wort.

Schließlich wurde der Pfad breiter, öffnete sich und endete auf einer großen, grasbewachsenen Ebene. Erst jetzt, als sie am Waldrand standen, beendete Rabak das Schweigen.

„Warte!“, flüsterte er und legte die Hand auf Kais Schulter. Er strich mit dem Ärmel über die Augen, spähte auf die Graslandschaft und schien jeden Halm mit den Blicken abzutasten.

„Tja“, sagte er leise. „Scheint ruhig zu sein. Komm, weiter.“ Er führte Kai an eine Baumgruppe, die einsam auf der Wiese stand.

„Wohin gehen wir eigentlich?“

„Dorthin!“ Rabak zeigte auf eine halbverfallene Burg, die wie ein Fremdkörper aus der Landschaft ragte.

„Zu dieser Ruine da?“ Kai runzelte die Stirn.

„Diese Ruine, wie du sie nennst, ist unsere Präsidentenburg. Das heißt, sie war es, als wir noch einen Präsidenten hatten.“

„Sieht nicht gerade nach der Burg eines Präsidenten aus, wenn du mich fragst“, meinte Kai.

Rabak lächelte. „Du lässt dich schon wieder von deinen Augen täuschen, mein Freund.“ Er stemmte die Hände in die Hüften und fauchte genau so, wie er es zuvor bei seinem Haus getan hatte. Doch diesmal kam kein Laut aus seinem Rachen. Nur das leise Zischen seines Atems war zu hören. Die Luft vibrierte. Das Flimmern schoss wie ein Pfeil in Richtung der Ruine und als es das Gemäuer erreicht hatte, verwandelten sich die alten Steine in eine Burg, die aussah, als wäre sie erst vor

Kurzem fertiggestellt worden. Die hohen Mauern umschlossen einen schlanken, mit einem Schindeldach besetzten Turm, neben dem das Wohngebäude stand. Von dessen vielen Fenstern waren einige mit Läden verschlossen, andere lagen einfach nur im Dunkeln. Hinter zweien jedoch brannte Licht.

„Runter, los!“ Rabak zog Kai in die Knie und duckte sich mit ihm hinter einen Busch. Vorsichtig schoben sie einige Zweige beiseite und blickten zu den beleuchteten Fenstern.

„Das ist seltsam.“ Rabak stellte die Ohren auf. „Üblicherweise findet die Versammlung der Riege im uns abgewandten Bereich der Burg statt.“

„Hörst du etwas?“

Rabak drehte die Ohren und lauschte in Richtung der beleuchteten Fenster. „Nein, nichts ... Warte! Doch, da sind Stimmen!“

Er neigte den Kopf leicht zur Seite.

„Es ist nicht so einfach, etwas zu verstehen. Da, jetzt hat jemand das Wort 'Vampir' gesagt!“

„Vampir?“

„Ja. Und ... 'Mädchen'.“

„Was sagen sie über Sandra, Rabak? Was?“, fragte Kai aufgeregt.

„Pssst! Sei still, sonst kann ich nichts hören!“

Rabak schüttelte den Kopf. „Nun reden alle durcheinander.“

Er zeigte an der Präsidentenburg vorbei in die Dunkelheit. „Dort hinten liegt übrigens das Gefängnis“, sagte er leise.

Doch Kai hörte ihn nicht. Wie gebannt starrte er auf die erhellten Fenster. Schließlich erhob er sich und noch bevor Rabak ihn zurückhalten konnte, hatte er sich vom Boden abgestoßen.

„Nicht! Bleib hier!“ Rabak sprang auf und griff nach Kais Umhang, doch verfehlte ihn knapp. Er atmete schwer aus und beobachtete, wie Kai auf die Burg zu schwebte.

„Mist!“, zischte er, verdrehte die Augen und folgte ihm.

Kai kauerte auf dem Fenstersims und beobachtete Rabak, der wie ein Insekt die Burgmauer emporkroch. Flink tasteten die Finger über das Gestein, krallten sich in die Mauerritzen und es dauerte nicht lange, bis der Wolfir seinen Körper neben Kai auf das Fenstersims schwang. Er schüttelte den Kopf und warf Kai böse Blicke zu.

Sie rutschten näher zusammen. Kai spürte die lederartige Haut von Rabaks Arm an seiner Hand.

Das Fenster stand offen und die dahinter hängende Gardine bewegte sich sanft, als der Nachtwind an ihr vorbeistrich.

Der Schatten einer hochgewachsenen Figur zog am Fenster vorbei.

„So“, sagte die Figur mit finsterer Stimme und riss die Gardine zu Seite.

Kai erschrak und wich zurück. Er und Rabak pressten die Körper fest gegen das Mauerwerk.

„Es ist bedauerlich, Grebar, dass deine Männer noch immer den ersten Schlüssel nicht gefunden haben.“

Kai schnürte es die Kehle zu. Er erkannte die Stimme sofort. Sie gehörte dem Vampirjäger Wieland von Wünschelsgrund!

„Glauben Sie mir, bald ist es soweit. Gorx hält nicht mehr lange durch."

Wieland blickte aus dem Fenster in die Nacht hinaus und drehte sich dann in den Raum um.

„Gorx interessiert mich nicht", raunte er und entfernte sich vom Fenster. „Mir geht es um die Spiegel, wie du weißt. Einige habt ihr schon gefunden und zerstört. Aber es geht mir zu langsam, verstehst du. Zu langsam."

„Wir tun alles, was in unserer Macht steht."

„Das ist mir nicht genug", unterbrach Wieland.

Einen Augenblick herrschte Schweigen. Dann fuhr der Vampirhasser fort. „Ich habe meinen Teil der Abmachung eingehalten und ich erwarte von euch, dass ihr das Gleiche macht. Hast du mich verstanden?" Seine Stimme klang derart bedrohlich, dass es Kai kalt den Rücken hinunterlief. „Vergiss nicht, ich habe eurer Riege an die Macht geholfen, ich kann euch auch wieder stürzen."

Sein dunkles, grausames Lachen ertönte. „Ein Wort, mein lieber Grebar, nur ein kleines Wort von mir genügt und, schwups!, seid ihr wieder so unwichtig wie zuvor." Das Geräusch von Fingerschnippen drang nach draußen.

Kai rutschte vorsichtig näher an das Fenster und spähte in das Zimmer. Dort sah er Wieland, der so dicht vor einem Wolfir stand, dass sich ihre Nasen fast berührten.

Kai schluckte. Neben Wieland, der nun langsam von dem Wolfir abließ, stand der zweite Vampirjäger, Rufus Wankelmann, mit einem breiten, hämischen Grinsen auf dem Gesicht. Hinter ihm standen Knochenkrieger an den Wänden. Dicht an dicht bildeten sie ihre Reihen. Die Spitzen ihrer Speere ragten kerzengerade in die Luft und aus den Kutten, deren Kapuzen weit in die Gesichter gezogen waren, schauten nur die mit einer Lederhaut überzogenen Finger heraus, die sich fest um die Speere krallten.

„Den Vampiren ist mittlerweile aufgefallen, dass es jemand auf ihre Spaltspiegel abgesehen hat. Sie werden die Spiegel nun noch besser verstecken“, sagte Wieland.

„Ja, es wird schwieriger, sie aufzuspüren“, stimmte Grebar zu.

„Siehst du.“ Wieland nickte. „Glaub mir, ich würde euch die da ja zur Hilfe mitgeben.“ Er zeigte mit einer abfälligen Handbewegung auf die Knochenkrieger. „Aber sie sind zu dumm und taugen nicht viel. Gute Kämpfer sind sie wohl, aber das war`s dann auch schon.“

„Wir haben heute Abend wieder einen Spiegel unbrauchbar gemacht“, verkündete Grebar.

„Einen? Ts!“ Wieland winkte ab. „Mit den Schlüsseln könnten wir innerhalb kürzester Zeit alle Spaltspiegel zerstören. Alle, verstehst du! Und dann ...“ Er stockte, begann lauthals zu lachen und fuhr sich mit dem Zeigefinger über den Hals. „Dann habe ich diesen Neuvampir da, wo ich ihn haben will. Dann gibt es für ihn keine Möglichkeit mehr, sich mit seinem Spiegel-Ich zu vereinigen.“ Den letzten Satz brüllte er spuckesprühend.

Rufus Wankelmann rieb sich belustigt die Hände und grinste.

„Was ist mit dem zweiten Schlüssel?“ Grebars Frage ließ Wieland schlagartig verstummen.

„Was ist mit dem ersten Schlüssel, mein Freund? Kümmert ihr euch um denjenigen, der hier bei euch ist“, fauchte Wieland. „Der andere Schlüssel wird schon bald in meinem Besitz sein.“

Von den anwesenden Wolfiren kam ein überraschtes Raunen.

„Das sind gute Neuigkeiten“, sagte Grebar.

„Allerdings.“ Wieland klatschte in die Hände. „Und das Schöne daran ist, dass mich Kai Flammersfeld und seine Freundesbrut selbst darauf gebracht haben, was der Schlüssel ist und wo ich suchen muss.“ Er breitete die Arme aus und drehte sich einmal um sich selbst. „Ach, ich liebe dieses Gefühl von Triumph!“

„Darf ich fragen, wie ...“

„Ganz einfach, Grebar. Es war wirklich ganz einfach. Ich brauchte nur ein wenig Kombinationsgabe“, unterbrach Wieland. „Wie wir alle wissen, hat Kai Flammersfeld die Trügerische Trautelbeere gefunden. Das aber kann nur zweierlei bedeuten. Entweder ist er oder einer seiner Freunde in einem Zustand emotionaler Erschütterung, oder ...“ Wielands Stimme zitterte, als er fortfuhr. „Oder er hat das Licht der Werwölfe! Eins von beidem muss zutreffen, damit die Trügerische Trautelbeere für den Suchenden sichtbar wird.“

Die Wolfire murmelten aufgeregt durcheinander.

„Das Licht der Werwölfe kann er doch unmöglich ...“

„Oh, er kann. Glaube mir, er kann!“ Wieland nickte. „Wie er das angestellt hat, weiß ich nicht. Aber das Licht gilt als gestohlen. Und ich glaube zu wissen, wer es hat. Es ist doch sonst wirklich ein zu seltsamer Zufall, oder nicht?“

Grebar rieb sich das Kinn. „Das ist wohl wahr.“

„Und nun, mein lieber Grebar, wird es interessant. Die alten Texte berichten, dass der Schein des zweiten Schlüssels die Finsternis hinter den Spiegeln erhellt und all denen Schutz gewährt, die dort nicht sein dürfen. Ich bin fest davon überzeugt, dass der Quell dieses Scheins das magische Licht der Werwölfe ist!"

„Glauben Sie wirklich?"

„Ich glaube nicht, ich weiß es!"

Wieland baute sich breit vor ihm auf und erklärte barsch: „Aber ich warte nicht gern, verstehst du. Ich will ein Ergebnis. Also bring diesen Gorx endlich zum Reden!"

„Wir dürfen es nicht übertreiben, verstehen Sie. Tot nützt er uns nichts."

Wieland packte den Wolfir am Kragen.

„Belehre mich nicht, Grebar, hörst du!" Er stieß ihn von sich weg. „Ich habe es dir schon tausendmal gesagt. Sind wir erst einmal hinter dem Spiegel, den wir haben, können wir von einem zum anderen gelangen, um alle Spiegel nacheinander zu zerstören, so als gingen wir von einer Tür zur nächsten." Er hielt kurz inne und fuhr mit dunkler Stimme fort. „Doch was nützt das alles ohne den ersten Schlüssel?" Die letzten Worte sprach er besonders langsam und betont. „Ohne diesen ersten Schlüssel kommen wir nicht hinter den Spiegel. Und folglich geschieht was nicht, Grebar, hm? Kannst du mir das sagen?" Wielands Stimme klang kalt wie Eis.

„W... Wir können die anderen Spiegel nicht so schnell zerstören, wie Ihr es wünscht", antwortete der Wolfir mit zittriger Stimme.

„Richtig!" Wieland brüllte so laut, dass Kai vor Schreck beinah vom Fenstersims gefallen wäre. Er rutschte ein Stück zurück und lauschte. „Spätestens, wenn ich den anderen Schlüssel in meiner Gewalt habe, will ich von euch Ergebnisse, hast du verstanden? Hast du verstanden? Und dann macht mit diesem Gorx, was immer ihr wollt. Von mir aus bringt ihn dann zu dem Mädchen." Wieland eilte zum Fenster, schlug es mit einem lauten Knall zu und zog hastig den Vorhang davor.

Kai zog die Beine an und lehnte den Rücken gegen den kalten Baumstamm. Er blickte auf den See, dessen Wasser so glatt war, dass es wie die glänzende Oberfläche eines Spiegels aussah.

Es dauerte nicht lange und Rabak kam durchs Unterholz an dem verabredeten Treffpunkt an. Er ließ sich neben Kai im Gras nieder.

„Ist es wahr?" Rabak legte die Hand auf Kais Schulter.

Kai sah ihn an und nickte stumm.

„Ihr habt also wirklich das Licht. Das Licht der Werwölfe. Ich fasse es nicht." Rabak zog die Hand zurück und legte den Umhang fester um seinen Körper. „Respekt. Das hätten sicher nicht viele geschafft. Darf ich fragen, wie ihr ..."

„Sie ist hier, Rabak", unterbrach Kai. „Sie ist wirklich hier."

Der Wolfir verstummte sofort und fixierte Kai mit seinen großen, dunklen Augen. „Entschuldige", flüsterte er sanft. „Entschuldige. Natürlich. Wie kann ich zuerst an das Licht denken."

„Schon gut." Kai lächelte.

„Und der arme Gorx. Wenn ich mir vorstelle, was sie mit ihm anstellen." Der Wolfir schüttelte den Kopf.

„Ich muss los, Rabak."

„Selbstverständlich musst du das. Deine Freunde sind in Gefahr."

Plötzlich verstummte Rabak. Er setzte sich kerzengerade auf, legte den Zeigefinger auf die Lippen und stellte die Ohren auf.

Ein dunkles, reibendes Geräusch kam aus dem Gebüsch in ihrer Nähe.

Ganz langsam erhoben sie sich.

„Rabak, was ist das?“

„Pssst!“

Es raschelte. Zweige wurden beiseite geschoben. Jemand stiefelte durch das Unterholz.

Kai hielt den Atem an.

Neben ihnen knackte es und eine hagere, dunkle Gestalt trat aus dem Buschwerk. In der einen Hand hielt sie einen Speer, mit dessen Spitze sie Zweige beiseite schob. Als die Gestalt Kai und Rabak erblickte, blieb sie abrupt stehen. Sie richtete den Speer auf sie, verharrte angespannt für einen Augenblick und senkte die Waffe dann gen Boden.

„Du?“

Rabak neigte den Kopf zur Seite. „Wer bist du?“

„Na, ich bin`s, Rabak, alter Freund. Bran!“

Augenblicklich verflog die Anspannung aus Rabaks Körper.

„Puh, Bran! Hast du uns einen Schrecken eingejagt.“

„Was um alles in der Welt machst du hier? Und wer ist das da?“ Der Wolfir zeigte mit der Speerspitze auf Kai.

„Oh, das ist eine lange Geschichte.“

„Für lange Geschichten ist keine Zeit. Ihr müsst sofort von hier verschwinden. Hier wird es gleich von Anhängern der Riege nur so wimmeln!“ Bran blickte kurz über die Schulter in die Richtung, aus der er gekommen war. „Da vorn ist ein Geheimgang zur Präsidentenburg und sie haben mich vorgeschickt um nachzusehen, ob die Luft rein ist."

Rabak machte einen Schritt auf Bran zu.

„Ich muss dich etwas fragen", sagte er.

Bran schaute ihm tief in die Augen. „Ich weiß es nicht, Rabak. Ich weiß es wirklich nicht. Ich hatte in der letzten Zeit Wachdienst im Gefängnis, da war Kara in einer Zelle neben Gorx. Doch sie haben sie weggebracht und ich weiß wirklich nicht, wohin."

„Aber du ... du hat sie gesehen?"

„Ich wollte es dir sagen, aber du warst nicht zu Hause und nachdem sie Gorx geschnappt hatten, konnte ich mich nicht mehr bei dir am Haus blicken lassen. Zu gefährlich."

„Bran!" Rabak nahm die Hand des anderen Wolfirs. „Sag mir, hast du mit ihr gesprochen? Wie geht es ihr?"

„Rabak, bitte." Bran löste die Hand aus der des Freundes. „Ich habe nicht mit ihr gesprochen. Ich bin eine Wache. Eine kleine, unbedeutende Wache. Nur die Präguntatoren kommen an die Gefangenen heran."

„Die Befrager? Oh nein!" Rabak wandte sich erschüttert ab. „Hat man sie gefoltert?"

„Keine Sorge! Sie wurde nicht gefoltert. Allerdings ..."

„Ja?"

„Allerdings Gorx dafür umso mehr. Kara ist nur ein Pfand, damit die Gegner der Riege Ruhe geben. Aber Gorx muss irgendetwas wissen, an dem die Riege größtes Interesse hat."

Kai machte einen Schritt auf ihn zu. „Hast du Sandra gesehen?"

„Was soll ich gesehen haben?"

„Wen, nicht was“, sagte Rabak. „Er meint das Menschenmädchen.“

„Ach so.“ Bran stützte sich auf den Speer. „Niemand von uns hat dieses Mädchen gesehen. Aber ein Kollege hat mir erzählt, dass er gehört hat, wie sich zwei hohe Mitglieder der Riege über ein Menschenmädchen unterhalten haben.“

„Wirklich?“ Kais Stimme zitterte. „Was weißt du noch?“

Bran sah abermals in die Richtung, in welcher der Geheimgang lag. „Leute, ihr müsst verschwinden.“

„Wir sind quasi schon weg, mein Freund. Aber sag uns noch, was du über diese Sandra weißt.“

„Was soll ich schon über jemanden wissen, der in der Halle der Gefangenen Seelen ist?“ Bran zuckte die Schultern. „Du weißt doch selbst, Rabak, dass kein normaler Wolfir an diesen Ort gelangt. Das können nur wenige, ausgesuchte Mitglieder der Riege.“

„Wo ist diese Halle?“, fragte Kai.

Bran verzog die Mundwinkel zu einem mitleidigen Lächeln. „Da kommst auch du nicht rein, Junge.“

„Wo ist sie?“, wiederholte Kai.

„Ein Stück hinter dem Gefängnis“, antwortete Rabak.

Bran hob die Hand. „Ihr werdet dort nicht hineingelangen, glaubt mir. Der Brodem wirkt bei der Halle der Gefangenen Seelen nicht. Das Bauwerk hinter dem Gefängnis verrät sein Geheimnis niemandem.“

„Wenn die Riege hineinkommt, muss es einen Weg geben“, sagte Rabak.

„Natürlich. Nur, den kennt außer der Riege keiner.“

„Dann haben wir eine Aufgabe.“ Rabak blickte Kai

an. „Wir werden es schaffen. Irgendwie werden wir es schaffen."

„Mach dem Jungen keine Hoffnungen." Bran spitzte die Ohren. „Und nun fort mit euch. Ich höre Stimmen! Geht zu den Steinriesen, dort seid ihr sicher."

„Soll es da vor Wächtern nicht wimmeln?", fragte Rabak.

„Nein!" Bran winkte ab. „Die Riege benötigt die Wachen gerade woanders. Glaube mir, dort sind momentan nur ganz vereinzelt welche unterwegs."

Rabak verabschiedete sich mit einer festen Umarmung von Bran. „Vielen Dank für die Auskünfte, mein Freund. Lebe wohl!"

Kai winkte dem Wolfir zu und folgte Rabak, der bereits hinter dem nächsten Busch verschwunden war.

Nach einer Weile kamen sie an eine Felsgruppe, die am Rande des Waldes aus dem Gras herausragte. Rabak ließ sich auf einem der moosbewachsenen Steine nieder und blickte zur Präsidentenburg, die sich in einiger Entfernung aus der Landschaft erhob.

„Diese Steinriesen sind ein ganz besonderer Ort für uns Wolfire." Er strich mit der Hand über den rauen Fels. „Du solltest mal sehen, wie schön es hier ist, wenn der Vollmond scheint. Viele von uns haben hier geheiratet. Kara und ich auch. Es war eine sternenklare, warme Sommernacht. Damals ..." Er schluckte und fuhr sich über das Gesicht. Dann ging ein Ruck durch seinen Körper. „Hier trennen sich nun unsere Wege", sagte er. „Merk dir den Ort gut. Morgen Abend treffe ich mich mit dir und deinen Freunden bei diesen Felsen wieder." Er zeigte auf eine Hügelkette, die sich dunkel in der Ferne abzeichnete. „Da hinten liegt das Sankt Anna-Thal.

Wenn ihr aus dieser Richtung kommt, werdet ihr keine Probleme haben, die Steinriesen zu finden."

Kai nickte. „In Ordnung." Er blickte Rabak an, der gedankenversunken auf dem Felsen saß. „Dann mache ich mich auf den Weg."

„Hm. Guten Flug."

„Und was machst du jetzt?"

„Ich bleibe noch ein wenig hier."

8

VERWÜSTUNG

Kai hatte es schon aus einiger Entfernung gesehen. Er verlangsamte den Flug und blieb schließlich in der Luft stehen. Der Umhang fiel an ihm hinunter und schmiegte sich an den Körper.

Irgendetwas stimmte nicht. Unter ihm lag das Sommerhaus seiner Großmutter. Alles war dunkel und das war schon seltsam genug. Wieso war noch immer niemand zu Hause? Und wieso ... Kais Herz begann schneller zu schlagen ... Wieso stand die Terrassentür offen? Er erinnerte sich genau, dass sie geschlossen gewesen war, als er vorhin das Haus verlassen hatte. Ganz vorsichtig schwebte er auf das Haus zu und landete hinter der großen Statue eines Engels, die ein Stück vor der Terrasse stand.

Kai lugte vorsichtig hinter dem Flügel hervor und blickte zum Haus. Die Tür zum Wohnzimmer stand nicht nur offen, die Scheibe war auch zerbrochen!

Kai schnürte es die Kehle zu. Waren Wielands Häscher bereits hier gewesen? Geduckt huschte er über den Rasen und schlich am Rande der Terrasse zur Hauswand. Wie sehr wünschte er sich nun seine Vampirsinne zurück! Er hielt den Atem an und lauschte angestrengt. Alles, was er hören konnte, war das Pochen seines Herzens.

Er rutschte näher an die Tür.

Es war absolut still.

Auf Zehenspitzen ging er ins Wohnzimmer und blieb schlagartig stehen. Der Raum bot ein Bild der Verwüstung. Nichts war mehr dort, wo es hingehörte. Das Sofa war umgeworfen, Bücher lagen verstreut auf dem Boden, dazwischen Äpfel, Bananen und Apfelsinen aus der Obstschale, die neben seinen Füßen lag.

Kai schlug die Hand vor den Mund und ging langsam durch das Zimmer. Glasscherben knirschten unter seinen Schuhen. Er konnte den zerbrochenen Kolben sehen, in dem der vampirisierte Saft der Trügerischen Trautelbeere gewesen war, der nun eine Pfütze auf dem Boden bildete. Kai bückte sich und hob die Steinfigur einer Schildkröte auf, die eigentlich auf den Beistelltisch gehörte, der sonst neben dem Sofa stand, jetzt jedoch mit zerbrochenem Bein vor dem Bücherregal lag.

Behutsam legte er die Figur auf das umgeworfene Sofa und ging zum Lichtschalter. Das zarte 'Klick', das zu hören war, als er den Schalter umlegte, schien ihm laut und verräterisch. Was, so schoss es ihm durch den Kopf, wenn er nicht allein im Haus war? Der Gedanke erschreckte ihn und sofort knipste er das Licht wieder aus.

„Du kannst es ruhig anlassen, sie sind weg."

Kai schrie auf und schnellte herum. In der Terrassentür stand eine schwarze Gestalt. Der Nachtwind spielte mit ihrem Umhang.

„Pssst! Nicht so laut", sagte die Gestalt.

„W... Wer sind Sie?" Kai zitterten die Knie.

„Erkennst du mich nicht? Ich bin es doch." Die hagere Gestalt trat einen Schritt vor. „Mach doch das Licht wieder an."

Mit zitternden Fingern legte Kai den Schalter um. Vor ihm stand Torkel Bierström und lächelte. „Jetzt erkennst du mich, oder?"

Kai wischte den Angstschweiß von der Stirn. „I... Was ist hier passiert?" Er blickte sich um. Im Schein des Lichts sah die Verwüstung noch schlimmer aus. Er bückte sich und hob etwas silbern Glänzendes auf. Es war ein Ohrring. Er erkannte ihn sofort. Er gehörte der freundlichen Werwölfin, die ihnen geholfen hatte, das Licht der Werwölfe auszuleihen.

„Tonya!", rief Kai erschrocken.

„Tonya? Den Namen habe ich schon gehört. Dieser Rabe hat ihn erwähnt."

„Kurt? Meinen Sie Kurt?"

„Ja, genau! Ein drolliger Zeitgenosse. Wenn auch etwas mitteilungsbedürftig, wenn ich das mal so sagen darf."

Kai musste schmunzeln. „Ja, das stimmt. Wo ist er? Wo sind überhaupt alle? Was ist hier passiert?"

„Oh, der Sachverhalt stellt sich recht einfach dar. Deine Großmutter wurde verschleppt."

„Was?" Kai riss die Augen auf.

„Nun, ich war nicht anwesend, aber der Rabe war es."

Torkel unterbrach sich, wandte den Blick Richtung Terrassentür und sagte: „Ah, da kommen sie!"

Im nächsten Augenblick flogen Kurt und Jette, die Fledermaus vom FGD, ins Wohnzimmer. Jette flatterte im Zickzack-Kurs auf Torkel zu, fragte mit piepsender Stimme: „Darf ich?" und ließ sich, ohne auf eine Antwort zu warten, in Torkels Haar nieder. Schwungvoll fiel ihr Körper kopfüber nach unten.

Kurt drehte einige Kreise und landete dann auf dem umgeworfenen Sofa.

„Ach Gott, ach Gott, ach Gottachgottachgott!" Er schüttelte das Federkleid und blieb für eine Weile wie eine aufgeplusterte Kugel sitzen. Dann legte er seine Federn wieder an und wippte von einem Bein aufs andere. „Es ist unglaublich! Un-glaub-lich! So was habe ich ja schon lange nicht mehr erlebt. Ich glaube, das letzte Mal ging es derart turbulent zu, als seinerzeit meine Tante dritten Grades ... Wie hieß sie denn eigentlich noch gleich? ... Ach ja! Tante Eberhardine! Genau! Als Tante Eberhardine einen Schlag auf den Kopf bekommen hatte und zeitweilig der Meinung war, sie sei ein Delphin. Ich kann euch sagen!"

„Kurt!"

„Sie bezichtigte jeden, sie aus dem Ozean gezogen zu haben ..."

„Ku-hurt!"

„... und stürzte sich in jedes Gewässer, dessen sie ansichtig wurde. Was war das für eine anstrengende Zeit, bis sie ihr Gedächtnis wiedererlangt hatte, ihr macht euch keinen Begriff!"

„Kurt!"

„Oh!" Der Rabe blieb stocksteif stehen. „'tschuldigt, bitte. Aber ich bin so aufgeregt." Er blickte zu Kai und es schien, als würde er ihn erst jetzt wirklich wahrnehmen.

„Gott sei Dank, du bist da!“ Er flog auf Kais Schulter und schmiegte sich an dessen Wange. „Wir haben uns solche Sorgen um dich gemacht.“

„Kurt, was ist hier passiert?“

„Ach, es war grässlich, wirklich grässlich.“ Kurt segelte auf einen Bücherstapel, der beachtlich zu schwanken begann, als er sich auf ihm niederließ. „Wir waren alle hier versammelt. Deine Oma, Gutta, Gangolf, Gerrith und ihre Eltern, alle eben. Sogar Tonya und diese bezaubernde Eule, Naomi, hatten auf einen Tee vorbeigeschaut. Sie wollten sich nach dem Zustand des Lichtes erkundigen und hören, wann du es den Werwölfen zurückzugeben beabsichtigst.“

„Und dann?“, wollte Kai wissen.

„Ich unterhielt mich gerade mit Naomi über das Blubbel-Manöver. Ein äußerst schwieriges, dafür aber um so kunstvolleres Flugmanöver, das nur die Besten der besten Flieger zustande bringen. Uns Raben fällt es naturgemäß etwas leichter als den Eulen, da wir ja einen grazileren Körperbau besitzen ...“ Kurt wirbelte einmal um sich selbst, als wollte er Pirouetten drehen, breitete die Flügel aus und tat so, als weiche er im Fluge irgendwelchen Hindernissen aus. „Ich erklärte ihr gerade die Federstellung der Flügel bei der besonders vertrackten siebten Drehung ... In etwa so ...“ Er fuchtelte mit den Flügeln wild in der Luft herum. „Bemerkt ihr die Komplexität der Bewegung, ja? Seht ihr`s?“

„Kurt!“

„Oh, 'tschuldigung. Ich lasse mich immer so leicht mitreißen. Meine Familie hat es zur Perfektion im Blubbel-Manöver gebracht, wisst ihr. Es scheint uns gewissermaßen im Blut zu liegen. Wo war ich denn stehengeblieben?"

„Du hattest noch nicht einmal richtig angefangen!"

„Ach so. Ah ja. Nun denn. Es war also eine nette Runde hier im Wohnzimmer versammelt. Man fragte sich, wo du, Kai, wohl seist, und deine Großmutter las den Zettel vor, den du hinterlassen hattest. Dass du zu den Wolfiren aufgebrochen warst, sorgte für allgemeine Verwunderung. Im Übrigen hielt das jeder für recht unklug, wenn ich das mal eben einschieben darf ..."

„Kuuurt!"

„Ja ja, ich weiß. Aber ich musste es kurz loswerden. Wir machten uns schließlich die allergrößten Sorgen um dich. Tonya und Naomi wollten natürlich wissen, was es mit den Wolfiren auf sich hat und so brachten deine Oma und die von Greifendorfs sie auf den neusten Stand. Und dann kamen sie."

„Wer, Kurt? Wer kam?"

„Diese Helfer von Rufus Wankelmann. Du weißt schon, das Skelett und Thomas, sein Gehilfe. Und sie hatten Wolfire und ein paar Knochenkrieger im Schlepptau. Gerrith hatte sie zuerst gesehen, draußen vor der Terrassentür, aber da war es schon zu spät. Das Glas splitterte und sie stürzten ins Wohnzimmer. Du kannst dir vorstellen, wie uns der Schrecken in die Glieder fuhr. Jedenfalls rief dieses Skelett in einem patzigen Ton eine Vielzahl von Beleidigungen durch den Raum und verlangte immer, dass man ihm das Licht der Werwölfe aushändigen solle. Es war ein Durcheinander, du glaubst es nicht! Natürlich hat deine Oma abgestritten, dass es sich in ihrem Haus befindet, woraufhin dieser Rüpel von Thomas anfing, das gesamte Mobiliar zu zertrümmern.

Na, das Ergebnis siehst du ja." Kurt zeigte mit dem Flügel in den Raum.

„Und dann?", fragte Kai ungeduldig.

Jette leuchtete dunkelorange in Torkels Haar auf. „Die Wolfire und die Knochenkrieger schwärmten aus und durchsuchten das ganze Haus. Irgendwann kamen sie mit dem Licht wieder." Sie hielt inne und kicherte. „Natürlich haben sie es nicht gleich erkannt. Es sprengt die Vorstellungskraft so grober Kreaturen, dass ein derart wichtiger Gegenstand nicht protzig daherkommt. Als Tonya das Licht sah, wollte sie es an sich nehmen und es kam zu einem Handgemenge, das es wirklich in sich hatte."

„Du meinst, hier wurde gekämpft? Wurde jemand verletzt?" Kais Stimme bebte vor Aufregung.

„Nein, nein. Keine Sorge. Sie nahmen das Licht und Ihre Großmutter und verschwanden."

„Aber Jette!" Kurt klapperte mit dem Schnabel. „Ts! Ein wenig mehr Einfühlungsvermögen, bitte!"

„Entschuldigung, aber wir beim FGD bevorzugen die direkte Ausdrucksweise", sagte Jette und hangelte sich durch Torkels Haar, bis sie den Scheitel erreicht hatte.

Kai fuhr sich über das Gesicht. „Meine arme Oma."

„Ruhig Blut!" Torkel hob die Hand. „Die Situation ist bedenklich, aber nicht gänzlich aussichtslos."

„Das ist richtig", ergänzte Jette. „Nach dem Überfall hat Kurt uns kontaktiert und der FGD arbeitet mit Hochdruck an diesem Fall. Ich kann berichten, dass man Ihre Großmutter zu den Wolfiren gebracht hat, wo sie in einer Art Gefängnis sitzt."

„Meinst du das Gefängnis bei der Präsidentenburg?"

„Eben jenes!" Jette breitete den Flügel aus, auf dem

sich zarte, leuchtende Linien zu einer Landkarte verbanden. „Es befindet sich hier, sehen Sie?“ Auf der lederartigen Haut leuchtete eines der Gebäude hell auf.

„Ja, das ist es.“ Kai nickte.

„Ach, Sie kennen es bereits?“

Kai berichtete, was er am heutigen Abend erlebt hatte.

Als er zu Ende erzählt hatte, zeigte er auf die Felsen, die ganz am Rande, fast an Jettes Körper, eingezeichnet waren. „Hier“, sagte er und berührte sanft den Flügel, worauf Jette kicherte und flüsterte: „Vorsicht, ich bin kitzelig!“

„Hier bei den Felsen werden wir uns morgen Abend mit Rabak treffen.“

Er hielt kurz inne und sagte dann: „Aber das Wichtigste ist, ich weiß jetzt, wo sie Sandra festhalten.“ Er deutete auf einen Punkt über dem Gefängnis.

„In der Halle der Gefangenen Seelen.“

„Ähm ...“ Jette drehte den Kopf und sah auf die Stelle, auf die Kai zeigte. „Entschuldigen Sie, aber dort ist nichts eingezeichnet.“

„Mag sein, aber ich weiß, dass sich diese Halle dort befindet.“

„Interessant, interessant“, murmelte Jette. „Das ist dem FGD nicht bekannt.“

„Ich weiß noch nicht, wie man dort hinein kommt. Aber Sandra ist in dieser Halle und ich werde sie befreien. Keine Ahnung wie, aber ich werde es tun.“

„Ganz ruhig, mein junger Freund.“ Torkel legte für einen Moment die Hand auf Kais Schulter. „Wir werden dir helfen. Gemeinsam werden wir deine Freundin und deine Großmutter befreien. Und das Licht der Werwölfe holen wir uns auch zurück."

„Nur wie?" Kurt machte ein krächzendes Geräusch. „Am besten ich fliege zu den von Greifendorfs. Sie sollen so viele Vampire wie möglich zu diesem Steinplatz mitbringen. Wo war der nochmal?" Er reckte den Hals und sah auf Jettes Flügel.

„Hier", flötete sie und ließ die Steinriesen auf der Flügellandkarte aufleuchten. „Neben dem Sankt Anna-Thal."

Kurt nickte. „Gut, dann gilt es, keine Zeit zu verlieren." Er flatterte auf Kais Schulter und lehnte den Schnabel gegen dessen Wange. „Wir schaffen das. Zusammen schaffen wir das." Dann stieß er sich ab und flatterte durch die Terrassentür in die Dunkelheit. „Bis morgen Abend an den Steinriesen also!", krächzte er noch und war verschwunden.

„Ich werde die Werwölfe benachrichtigen." Jette kletterte an einer Haarsträhne hinunter und ließ sich dann von Torkels Kopf fallen. „Der Bund der Verbrüderung wird bestimmt helfen. Sie wollen ja schließlich ihr Licht wieder haben, nicht wahr." Sie kicherte und färbte die Flügel für einen Augenblick dunkelgrün.

„Ach, halt!" Sie flog einen Kreis und flatterte vor Kais Gesicht. „Soll ich Tonya den Ohrring mitbringen?"

„Das wäre nett, Jette." Kai streckte ihr den Ohrring hin, den sie ihm mit den Füssen abnahm.

„Ich bringe mit, wen ich überreden kann." Sie drehte noch eine Runde durch das Wohnzimmer und segelte dann geräuschlos in die Nacht hinaus.

Kai und Torkel standen eine Weile schweigend beieinander.

„Du solltest dich etwas ausruhen", sagte Torkel schließlich.

„Ich kann jetzt nicht schlafen."

„Versuch es. Du brauchst deine Kräfte für Morgen."

Kai wusste, dass Torkel recht hatte. Und dennoch war er sich sicher, diese Nacht kein Auge zumachen zu können. Zu sehr quälten ihn die Gedanken an Sandra und seine Oma.

„Um das Chaos hier kümmere ich mich." Torkel stellte das Sofa wieder auf und führte Kai sanft zur Wohnzimmertür. „Sei morgen Abend einfach rechtzeitig bei den Steinriesen. Wir werden kommen. Wir werden alle kommen."

Eine ganze Zeit lang hörte Kai noch, wie Torkel im Wohnzimmer aufräumte. Geschirr klapperte und Glasscherben klirrten. Wie er es geahnt hatte, konnte er keinen Schlaf finden. Er drehte sich von einer Seite auf die andere und zog die Bettdecke von sich. Ihm war warm. Und er hatte das Gefühl, keine Luft zu bekommen. Er stieg aus dem Bett und legte sich in seinen rot-metallicfarbenen Sarg. Es half nichts. Die Gedanken folgten ihm. Doch irgendwann verblassten die Bilder von seiner Oma und von Sandra und er fiel in einen langen, festen Schlaf.

9

DAS GEFÄNGNIS DER WOLFIRE – 23. TAG NACH DEM BISS

Als Kai erwachte, war es bereits Nachmittag. Er rieb sich die Augen, stieg aus dem Sarg und zog die Vorhänge beiseite. Die Sonne stand noch ein ganzes Stück über den Baumwipfeln. Kai spürte ein nervöses Kribbeln im Körper. Er konnte es kaum erwarten, bis es endlich Nacht werden würde. Er zog die Vorhänge wieder zu, schnappte seine Klamotten und verschwand im Bad.

Einige Zeit später stand er mit einem Glas heißer Milch mit Honig im Wohnzimmer. Torkel hatte wirklich ganze Arbeit geleistet, das musste er zugeben. Alle Scherben waren vom Boden aufgefegt, das Sofa stand wieder dort, wo es hingehörte und selbst die Bücher waren, wenn auch nicht nach dem System seiner Oma geordnet, ins Regal gestellt.

Er nahm einen kräftigen Schluck Milch und ging zur Terrassentür. Torkel hatte die zerbrochene Scheibe durch eine neue ersetzt. Wie er das angestellt hatte, war Kai allerdings ein Rätsel. Dieser Torkel war nicht nur

Forscher und Gelehrter, sondern auch Handwerker. Ein wirklicher Tausendsassa!

Kai öffnete die Terrassentür und trat hinaus ins Freie. Er atmete die frische, kühle Luft tief ein und blickte in den blauen Himmel. Kein Wölkchen war zu sehen.

Es wird eine sternenklare Nacht, dachte er und leerte das Glas in einem Zug. Wie viele Vampire und Werwölfe nachher wohl erscheinen würden, um ihm zu helfen? Kai musste schmunzeln. Eine angenehme Wärme floss durch seinen Körper bei dem Gedanken, was für wunderbare Freunde er in der Welt der Vampire und Werwölfe gefunden hatte. Freunde, die viel riskierten, um ihm zu helfen.

Er stockte. Etwas stimmte nicht. Er wusste nicht genau, was es war. Aber eine dumpfes Gefühl sagte ihm, dass etwas nicht so war, wie es sein sollte. Irgendetwas fehlte. Nur was? Er stellte das Milchglas auf einem Tisch ab, der neben der Terrassentür stand und sah erneut in den Himmel, wo der Mond als dünne Sichel bereits aufgegangen war. Er legte den Umhang fester um seinen Körper. Dabei fühlte er etwas in der Tasche.

Boris! Sandra! Die Worte schossen ihm durch den Kopf und sofort war alles wieder da. Er zuckte zusammen. Sandra! Für einen Augenblick hatte er seine allerbeste Freundin vergessen. Er rieb sich mit der Hand über das Gesicht. War dies etwa der Anfang? Würde sie nun langsam aus seinen Gedanken verschwinden? Würden die Erinnerungen verblassen? Würde es ihm bald so ergehen wie Sandras Tante Ursel?

Kai stürzte durch das Wohnzimmer und hastete die Stufen hinauf in sein Zimmer. Er riss einen Zettel von einem Notizblock und schrieb in großen, roten Buchstaben SANDRA darauf. Den Zettel steckte er zu Boris in die Umhangtasche. Er wusste nicht, ob dies helfen würde. Aber er musste es versuchen. Er musste es zumindest versuchen.

Er schloss die Tür hinter sich und ging zurück ins Wohnzimmer. Dort ließ er sich auf das Sofa fallen und wartete darauf, dass die Sonne unterging.

All die Zeit, bis das Zwielicht ihn zum Aufbruch rief, wiederholte er in seinem Kopf nur ein einziges Wort ...

Die Nachtigall trällerte unablässig ihr Lied. Kai versuchte, sie in den Ästen zu entdecken. Mit Vampiraugen wäre es ein Leichtes gewesen, den Vogel zwischen den Blättern ausfindig zu machen. Aber wie unvollkommen waren die menschlichen Sinne!

Er vermutete sie in der Buche, die gleich neben dem Felsen stand, auf dem er saß. Geduldig tastete er mit den Blicken die Baumkrone ab, als die Nachtigall auf einmal verstummte.

Es knisterte. Zweige bewegten sich und mit einem Mal kam Rabak aus dem Gebüsch hervor.

„'n Abend“, sagte er leise und kam auf Kai zu.

„Hallo, Rabak.“ Kai rutschte zur Seite und machte ihm Platz.

„Sind wir die einzigen?“, fragte der Wolfir und setzte sich.

„Bisher.“ Kai zog die Hand aus der Umhangtasche. Die ganze Zeit hatte er den Zettel mit Sandras Namen umklammert.

„Wir warten noch.“ Rabak legte sich auf den Rücken und sah zu den Sternen.

„Kai?“

„Hm.“

„Hast du es dabei?“

„Was?“

„Das Drauga.“

„Keine Sorge. Ich habe es.“ Kai strich mit der Hand über die Stelle des Umhanges, wo das Kristallfläschchen mit dem Saft der Trügerischen Trautelbeere steckte.

„Die Riege hat meine Oma verschleppt.“

„Was sagst du da?“ Rabak stellte die Ohren auf.

„Und sie haben das Licht der Werwölfe mitgenommen.“

„Mist.“ Rabak seufzte. „Sie waren schnell.“ Er richtete sich wieder auf und rutschte näher an Kai heran. „Wahrscheinlich haben sie deine Großmutter ins Gefängnis gebracht. Dann werden wir sie sehen, Kai. Und wir werden sie dort rausholen.“

Kai lächelte ihn an. Er wusste Rabaks aufmunternde Worte zu schätzen, aber das schwere, drückende Gefühl in seiner Magengegend verjagten sie nicht.

„Das mit dem Licht ist nicht gut.“ Rabak schlug mit der Faust auf den Fels. „Jetzt haben sie einen Schlüssel.“

„Und Sandra haben sie auch.“

„Hm.“

„Es kommen wohl auch ein paar Werwölfe.“

„Bitte?“ Rabak machte große Augen.

„Ich weiß nicht, wie wir das alles schaffen sollen, Rabak.“

Plötzlich hörten sie eine Stimme.

„Juhuuu, wir sind da-haaa!“

Rabak und Kai sprangen auf. Diese krächzende Stimme konnte nur einem gehören. Die von Greifendorfs segelten über die Felsen, landeten vor ihnen im Gras und stützten sich auf ihre Lanzen. Kurt hockte auf der Schulter der Vampirmutter und flatterte aufgeregt mit den Flügeln.

„Vogel! Nimm deine Federn aus meinem Gesicht", protestierte die Vampirin.

„Wie schön, dich zu sehen!" Gerrith kam auf Kai zu und umarmte ihn. Das gleiche machten Gutta und Gangolf.

„Junge, wir haben uns solche Sorgen gemacht!" Gesine von Greifendorf rang die Hände und drückte Kai dann so fest, dass es ihm fast den Atem nahm.

„Wir haben ein wenig Verstärkung mitgebracht." Der Vampirvater zeigte mit einer ausholenden Handbewegung auf eine Gruppe Vampire, die mit Lanzen bewaffnet um die Felsen kam. Zuerst erkannte Kai Opa Gismo, doch dann konnte er auch die anderen sehen. Per und Pelle, die norwegischen Vampire, die ihnen bei ihrem Kampf gegen die Knochenkrieger zur Seite gestanden hatten, nickten und winkten ihm zu. Hinter ihnen kamen Diadema und Lamentira, die ebenfalls beim Kampf gegen die Knochenkrieger dabei gewesen waren, und selbst Antonio, der Spaltspiegelbesitzer, hatte sich eingefunden.

„Oh, da hast du ja einige überreden können", sagte Rabak und grinste.

„Ein paar kommen noch", rief eine Stimme, die Kai ebenfalls sofort erkannte.

„Tonya!"

„Natürlich, mein Bester. Oder glaubst du, ich will unser Licht nicht wiederhaben?" Sie lachte, kam auf Kai zu und umarmte ihn. „Heute zeigen wir diesen Rabauken mal, was wir drauf haben, was? Sieh mal, selbst Naomi wollte mit von der Partie sein." Sie zeigte auf die Eule, die auf ihrer Schulter saß und ein freundlich gurrendes „Grüß Gott!" von sich gab.

Tonya hatte die Mitglieder des Bundes der Verbrüderung, einer vampirfreundlichen Werwolf-Gruppe, mitgebracht, die sich alle mit Lanzen bewaffnet hatten. Robbie und Paul standen direkt neben ihr. Henriette lugte hinter Robbies Schulter hervor. Ihr Mund hatte sich zu einer Wolfsschnauze verwolft und sie verzog die Lefzen zu einem Grinsen. Selbst die mürrische Johanna war mitgekommen.

Kai blickte einen nach dem anderen an. „Danke! Danke, dass ihr gekommen seid", sagte er mit Tränen in den Augen.

„Ich hab`s ja geahnt, dass das mit dem Licht schiefgeht. Aber bitte. Nun haben wir den Salat." Johanna verdrehte die Augen und knurrte, als Kais Blicke die ihren trafen. Doch dann lächelte sie und feine Fältchen umspielten ihre Augen.

„Ich nehme an, wir sind vollzählig?" Rabak trat einen Schritt vor, zuckte jedoch sogleich zurück, als plötzlich Henriettes Wolfsschnauze vor seinem Gesicht auftauchte. Ihre Nase bewegte sich hin und her als sie an ihm schnüffelte.

„Was gibt das, wenn`s fertig ist?" Mit einer wischenden Handbewegung verscheuchte er Henriette.

„Ich habe noch nie einen echten Wolfir gesehen", sagte sie.

„Henriette, bitte!" Robbie schnalzte mit der Zunge.

„Habt ihr denn schon mal einen gesehen? Hm? Habt ihr?"

„Ich nicht“, sagte Paul.

„Ich wusste gar nicht, dass sie in unserer Nähe wohnen.“ Tonya schüttelte den Kopf.

„Wir leben eben gern etwas zurückgezogen.“ Rabak atmete schwer aus.

„Ist Jette auch hier?“, fragte Kai.

Kurt flatterte auf seine Schulter. „Nein. Sie wurde zu einem neuen Einsatz des FGD gerufen. Ich soll dich grüßen und alles Gute wünschen.“

„Darf ich um eure Aufmerksamkeit bitten!“ Rabak stellte sich vor die anwesenden Vampire und Werwölfe. „Dort drüben befindet sich das Gefängnis.“ Er zeigte auf eine Stelle neben der Präsidentenburg, deren Umrisse sich schemenhaft vor der Graslandschaft abzeichneten. „Das ist unser erstes Ziel. Dort werden wir mit Sicherheit Kais Großmutter finden und ... und ich habe dort auch noch etwas zu erledigen.“

„Rabak.“ Der Vampirvater trat einen Schritt vor. „Wir halten alle zusammen. Wenn dein Freund Gorx und deine Frau in diesem Gefängnis sind, dann werden wir dir helfen, sie zu befreien.“

„Und Sandra?“, fragte Gutta.

Rabak schüttelte den Kopf. „Die Halle der Gefangenen Seelen kenne ich auch nicht. Aber Gorx weiß etwas. Er kann uns helfen, Sandra zu retten.“

„Ich nehme nicht an, dass unser Licht in einer der Zellen steht“, vermutete Johanna.

„Würde mich sehr wundern“, sagte Rabak mit fester Stimme.

„Johanna ...“ Tonyas Stimme klang scharf.

„Wieso, Tonya? Das alles hier hat nichts mit unserem Licht zu tun.“

„Wir waren uns einig", sagte Robbie. „Du hast auch zugestimmt. Wir helfen einander alle."

„Ja ja, schon gut." Johanna verschränkte die Arme vor der Brust.

„Das Licht kommt zu euch zurück. So wahr ich hier stehe." Rabak sah Johanna tief in die Augen. Für einen Moment herrschte beklemmende Stille. Dann sagte Rabak: „Wir sollten aufbrechen. Folgt mir!"

Sie umklammerten die Lanzen und verschwanden im hohen Gras.

„Bleibt dicht beieinander!" Rabak eilte voraus. Flink bahnte er den Weg durch die hohen Grashalme. Sie umrundeten die Präsidentenburg in einem weitläufigen Bogen. Nach einigen Minuten tauchte ein halbverfallenes Gebäude vor ihnen auf. Rabak schlich noch ein paar Meter weiter und hielt dann an.

„Wir sind da!"

„Bitte?" Gangolf machte eine verächtliche Handbewegung. „Diese Ruine soll ein Gefängnis sein? Pah!"

Rabak lachte. „Dann pass mal auf!"

Er bedeutete den anderen, einige Schritte zurückzutreten. Dann spannte er jede Faser seines Körpers an und öffnete den Mund. Wie Kai es in Erinnerung hatte, veränderte sich das Gesicht zu einer seltsamen Fratze. Der Mund schien wie ein mit spitzen Zähnen versehener Schlund.

„Teufel auch!" Gerrith machte einen Schritt zurück.

„Keine Sorge, er macht den Brodem", sagte Kai.

Vibrierende Luft kam aus Rabaks Rachen, strömte zum Gefängnis und hüllte es ein.

Die Vampire und die Werwölfe blickten ungläubig auf das Gebäude, das nun vor ihnen stand. Die Ruine war zu einem rechteckigen Steingebäude geworden, das an jeder der Ecken Türme hatte. All die Risse und Löcher im Mauerwerk waren verschwunden. Stattdessen gab es zahlreiche Fenster, neben denen Fackeln loderten und überall ragten grimmig dreinschauende Wasserspeier aus dem Gestein. Dort, wo eben noch ein Stück Mauer gefehlt hatte, befand sich nun das große, schwere Eingangstor, an dessen Seiten zwei gusseiserne Laternen leuchteten. Vor dem Gefängnis war das hochgewachsene Gras einem Rasen gewichen, der fast bis zu ihnen reichte.

„Ich bin beeindruckt!" Antonio hob die Augenbrauen. „Eine fantastische Methode, sich Ruhe und Abgeschiedenheit zu verschaffen."

„Was ist denn das da?" Gesine von Greifendorf zeigte auf einen Mauerstein oberhalb des Eingangstors.

„Wovon sprichst du?" Rabak blickte zum Eingangsportal. „Oh, nein! Die Lapiden! Runter, schnell!"

Sie duckten sich. Die Grashalme schlossen sich über ihren Köpfen. Ganz vorsichtig schlichen sie an den Rand des Rasens und lugten zum Gefängnis hinüber.

„Früher waren hier Wachen", wisperte Rabak. „Die Lapiden sind neu."

„Was sind Lapiden?"

„Sieh!"

Über dem Eingangstor bewegte sich ein großer Steinquader. Er zitterte und bebte, als würde er aus der Mauer gedrückt. Die Mitte wölbte sich auf und es hatte den Anschein, als wäre der Quader nicht aus Stein sondern weich wie Butter. Die Wölbung wuchs an und gleich einem Schlangenbaby, das sich aus der Eierschale pellt, drängte der Kopf eines Wasserspeiers aus dem Stein. Der lange Hals schob sich nach außen. Etwas, das im Schein der Laternen aussah wie eine glänzende Schleimschicht, zerriss und der Wasserspeier kroch in ganzer Länge aus dem Mauerwerk heraus. Er drehte den Kopf in alle Richtungen und erstarrte dann mit weit aufgerissenem Maul.

An anderer Stelle der Mauer zuckten die Wasserspeier und zogen sich mit schlängelnden Bewegungen in den Stein zurück, jedoch nur, um irgendwo anders erneut aus der Wand zu sprießen.

„Die Mauern leben." Opa Gismo blickte fasziniert auf das Gefängnis.

Über einem Fenster riss einer der Wasserspeier plötzlich den Kopf herum und fixierte ein Reh, das auf die Rasenfläche spazierte und dort zu äsen begann. Im nächsten Augenblick schoss ein gleißend heller Feuerstrahl aus dem Rachen des Wasserspeiers und das Reh war verschwunden.

„Die Lapiden sind hervorragende Wächter", erklärte Rabak, als er Kais erschrockene Blicke sah. „Und das ist ihre Aufgabe."

„Das arme Tier", flüsterte Gerrith kopfschüttelnd.

„Wie kommen wir an denen vorbei?" Per Polar robbte neben Rabak.

„Du hast gesehen, wie gut sie aufpassen. Alles, was nicht zum Gefängnis gehört, wird gnadenlos vernichtet. Damit hatte ich nicht gerechnet."

„Gibt es keine Möglichkeit, sie zu umgehen oder auszuschalten?", fragte Gottfried von Greifendorf.

„Perderit."

„Perder... Was?"

„Perderit. Soweit ich weiß, ist dieses Zeug das einzige

Mittel, um die Lapiden für einige Zeit außer Gefecht zu setzen. Es lässt sie erstarren. Alle Vorräte davon sind jedoch unter Kontrolle der Riege."

„Hm." Antonio rieb sich mit Daumen und Zeigefinger das Kinn. „Das erinnert mich an Mutat."

„Kenne ich nicht."

„Es macht unsere ... Ach, ist ja auch nicht so wichtig. Lass es mich so sagen: Es hat einen ähnlichen Effekt." Er griff in die Tasche seines Umhanges und zog den Lederbeutel mit dem Mutat daraus hervor.

„Hier!", sagte er und hielt es Rabak hin. „Winzige Mengen davon genügen."

Rabak sah auf den Beutel und lächelte. „Mutat. Davon habe ich noch nie gehört. Aber einen Versuch ist es wert. Nur, wie kriegen wir es zu den Lapiden?"

„Sagt mal, Leute", Kurt hob den Flügel. „Ich habe da eine Idee."

„Du?" Rabak stellte die Ohren auf.

„Höre ich da eine abschätzige Grundhaltung gegenüber Rabenvögeln heraus?"

„Nein, nein. Sag, was hast du für eine Idee?"

„Wie ihr wisst, habe ich ein hervorragendes Sehvermögen. Schon als Kleinvogel habe ich den Wettbewerb 'Finde den Wurm' in unserem Waldkindergarten dreimal hintereinander gewonnen und ..."

„Deine Idee, Kurt!"

„'tschuldigt. Also, wenn mich nicht alles täuscht, ist dies dort oben bei dem Turm ein Rabennest." Er zeigte mit dem Flügel auf einen der Gefängnistürme.

„Wenn du das sagst. Ich sehe da nur irgendein Nest", sagte Rabak gleichgültig.

„Ich bitte dich!" Kurt machte vor Empörung einen

Satz in die Luft. „Irgendein Nest. Ts! Das ist reinste Rabenkunst am Nestbau, das sieht man doch. Ich bin erschüttert über so viel Unwissenheit."

„Deine Idee, Kurt!" Der Wolfir verdrehte die Augen.

„Alles wird ausgeschaltet, was nicht zum Gefängnis gehört, richtig?"

Rabak nickte.

„Das Nest dort gehört zum Gefängnis. Folglich gehören auch die Raben, deren Nest es ist, zum Gefängnis."

Rabak verzog die Lippen zu einem Grinsen. „Du meinst ..."

„Genau das meine ich. Ich tarne mich als zum Nest gehöriger Rabe und verstreue das Mutat über dem Gefängnis."

„Das kommt überhaupt nicht in Frage!", protestierte die Vampirmutter. „Ich möchte nicht mit ansehen müssen, wie du ..." Sie stockte.

„Die Idee ist gut. Sehr gut sogar", sagte Rabak.

Kai strich mit dem Zeigefinger über Kurts Brust. „Das musst du nicht machen. Was, wenn es schiefgeht?"

„Der Rabe hat recht! Es müsste funktionieren", sagte Rabak.

„Müsste heißt nicht wird, Rabak", dozierte Gesine von Greifendorf.

„Ich weiß eure Befürchtungen zu schätzen, aber das lasst mal meine Sorge sein. Ich bin ein erwachsener Rabe. Her mit dem Beutel." Kurt streckte Antonio das Bein hin, der ihm den Mutatbeutel in die Krallen gab.

„Kannst du damit fliegen?"

Kurt wippte mit dem Bein ein paar mal auf und ab. „Spielend."

„Die Lapiden dürfen den Beutel nicht als solchen erkennen, das würde dich verdächtig machen", sagte Rabak.

„Ich werde ihn ganz dicht am Körper tragen."

„Aber gib acht, dass du ihn bis zum Gefängnis richtig herum hältst. Ich habe ihn dir schon geöffnet." Antonio zeigte auf die winzige Kordel, die am Beutel hinunterhing.

„Kein Problem."

„Kurt ..."

Der Rabe schüttelte die Federn und berührte Kais Wange mit dem Schnabel. „Pssst! Sag nichts, mein Freund. Ich weiß, du würdest dasselbe auch für mich machen."

Mit diesen Worten stieß er sich von Kais Schulter ab, zog den Mutatbeutel ganz dicht an den Körper und flatterte davon. Zunächst flog er in die Richtung, aus der sie gekommen waren, drehte dann eine Schleife und kam zurück. Als er über den Köpfen seiner Freunde schwebte, blickte er für einen kurzen Moment hinunter.

„Ein mutiger Vogel", flüsterten Lamentira und Diadema wie aus einem Munde. „So ein mutiger Vogel."

„Und ein echter Freund", ergänzte Kai.

Kurt schlug ein paar Mal kräftig mit den Flügeln und segelte dann auf das Gefängnis zu. Die Wasserspeier ließ er dabei nicht für eine Sekunde aus den Augen. Als er etwa die Hälfte des Weges hinter sich gebracht hatte und auf eine Flugbahn einschwenkte, die ihn zu dem Nest führte, bemerkte er, dass ihn einer der Wasserspeier ins Visier genommen hatte. Er zog den Lederbeutel näher an den Körper und stellte die Federn auf, damit sie ihn so weit wie möglich verdeckten.

Die Steinfigur, die über einem der Fenster saß, fixierte ihn mit großen Augen und folgte jeder Bewegung, die er machte. Ein leises, knirschendes Geräusch verriet ihm, dass der Wasserspeier den Kopf in seine Richtung drehte. Kurt sah zu ihm. Der Blick der Figur war kalt und seelenlos.

Das Nest war nun nicht mehr weit entfernt. Er nahm Fahrt auf und stieg etwas höher, damit der Wasserspeier glauben sollte, dass er im Begriff war, dort zu landen. Offensichtlich lieferte er ein gutes Schauspiel, denn die Figur wandte den Blick von ihm ab und starrte wieder über die Landschaft.

Darauf hatte Kurt gewartet. Er stellte die Flügel so, dass es aussah als wollte er in dem Nest landen. Im letzten Augenblick jedoch bog er ab, stieg steil empor und flog über die Spitze des Turmes. Er nahm Fahrt auf und drehte dabei geschickt den Beutel in seinen Krallen so, dass die Öffnung nach unten zeigte. In diesem Moment bemerkte er den Wasserspeier, der auf dem Dach aus dem Gestein ragte und ihn entdeckt hatte. Das Maul war weit aufgerissen und die Zunge hing über die Lippen.

Kurt erschrak. Er hatte nicht damit gerechnet, dass die Lapiden auch den Himmel beäugten. Als er in den Rachen des Ungeheuers sah, loderte rotglühendes Feuer darin.

Kurt schüttelte den Beutel und das Mutat rieselte wie feiner Schnee heraus. Kaum hatte es den Wasserspeier berührt, knisterte es, als würde ein Bündel Reisig entzündet. Das Feuer im Schlund der Steinfigur erlosch. Sie wand sich wie ein Wurm und erstarrte. Neben ihr reckte gerade ein neuer Wasserspeier den Kopf aus dem Gestein. Als er vom Mutat getroffen wurde, gab es ein knirschendes Geräusch. Den Schädel halb aus dem Mauerwerk geschoben, blieb er regungslos stecken.

Kurt segelte die Mauer entlang, bis der Mutatbeutel leer war und flog dann zu seinen Freunden zurück.

„Kurt! Das war großartig!“ Kai gab ihm einen Kuss auf den kleinen Rabenkopf.

„Ich bin mir nicht sicher, ob ich alle erwischt habe.“

„Das ist gar nicht notwendig“, sagte Antonio in anerkennendem Ton. „Das Mutat wirkt großflächig. Die Hälfte hätte wahrscheinlich schon für das gesamte Gebäude gereicht.“

„Wie lange wirkt es?“

Antonio blickte zum Gefängnis. „Bei den Gesellen dort ... Hm. Keine Ahnung. Die Spaltspiegel sind für längere Zeit unbrauchbar.“

„Wir müssen trotzdem vorsichtig sein. Es laufen sicher auch noch Wachen herum“, sagte Rabak. „Kommt!“

Er trat auf den Rasen und schlich auf das Gefängnis zu, wo er sich an einem der Türme gegen die Mauer presste. Die anderen folgten ihm.

„Das Tor wäre dort vorn“, sagte Johanna und zeigte auf das Eingangsportal.

„Wir sind hier nicht auf Besuch, meine Liebe.“ Paul schüttelte den Kopf. „Du kannst doch nicht einfach den Haupteingang benutzen.“

„Kann sie schon. Nur, dahinter wird sie freundlich, aber bestimmt von Wachen begrüßt.“ Rabak schmunzelte.

„Ja, ja. Schon gut." Johanna verdrehte die Augen.

„Die Fenster liegen für uns etwas zu hoch", sagte Tonya.

„Wir könnten fliegen und euch Huckepack nehmen", schlug Gangolf vor.

„Niemals!", sagte Johanna empört. „Das ist ja demütigend."

„Wieso? Wir ..."

„Nein", unterbrach Rabak. „Ihr könnt hier nicht fliegen. Es gibt eine Volarisationssperre."

„Eine was, bitte?"

„Eine Flugsperre. Sie umfasst das ganze äußere Areal. Nichts, was größer ist als ein Vogel, kann hier fliegen. Aber ich habe eine Idee. Folgt mir."

Er ging auf Zehenspitzen an der Mauer entlang, bis er an eine Stelle gelangte, die im Halbdunkel lag. Dort stoppte er und zeigte auf einen Graben, der ins Gefängnis führte. Der Zugang war mit einer Tür aus dicken Eisenstäben verriegelt, an der ein großes Schloss hing.

„Dort sollen wir durch?", fragte Gerrith.

„Es ist die einzige mir bekannte Schwachstelle des Gebäudes", erklärte Rabak. „Bran hat es mir erzählt. Und glaubt mir, er kennt sich gut aus. Er war hier als Wache beschäftigt."

„Das Schloss sieht kräftig aus", stellte Lamentira fest.

„Mo-ment! Das haben wir gleich." Diadema zog eine lange Nadel aus ihrem Haar, woraufhin ihr eine Strähne über das Gesicht fiel. „Ich bin nicht umsonst Saisonsiegerin im Feinstrickwettbewerb anno 89 gewesen." Sie schwang bedeutungsvoll die Nadel und klemmte die Haarsträhne hinter das Ohr. „Aus dem Weg!" Sie schritt den Abhang in den Graben hinunter und ging zur Eisentür.

„Hm. Knifflig, wirklich knifflig." Hochkonzentriert untersuchte sie das Vorhängeschloss.

„Wirst du es schaffen, meine Liebe?", fragte Lamentira.

„Das steht außer Frage. Ich muss nur den richtigen Winkel finden, in dem ich ..."

Den Rest ihres Satzes konnten die anderen nicht mehr verstehen. Es knirschte und knarzte, quiekte und quietschte, als Diadema mit der Nadel in dem Schloss herumstocherte.

„Geht es nicht etwas leiser?", fragte Rabak.

„Leider nein", antwortete Diadema. „Hier ist dermaßen viel Rost, da hätte man dem Ganzen etwas mehr Pflege angedeihen lassen sollen."

Sie drehte die Nadel flink hin und her. Schließlich gab es ein klickendes Geräusch. Diadema drehte sich langsam zu den anderen und hielt triumphierend das Schloss in der Hand.

„Hab ich`s nicht gesagt? Bitte sehr!"

„Wunderbar!" Rabak und die anderen gingen zu ihr.

Behutsam öffnete Rabak die Tür und als alle in den dahinterliegenden Gang getreten waren, zog er sie wieder zu.

„Wir sind jetzt im alten Abwasserkanal des Gefängnisses", stellte er fest.

„Ent-zückend." Gesine verdrehte die Augen und zupfte mit spitzen Fingern Moos von der Steinwand. „Oh, Silbermoos!" Sie strich über das nasse Moos und verrieb die Feuchtigkeit auf den Handgelenken. „Ein seltener Duft."

„Hier entlang, bitte!“ Rabak zeigte mit der Lanze in den Gang und ging voraus.

„Patrouillieren hier keine Wachen?“, fragte Gerrith, nachdem sie einige Zeit geradeaus gegangen waren.

„Es patrouillieren überall Wachen. Mal mehr, mal weniger. In diesem Bereich eher weniger. Er ist nicht sehr belebt.“

„Kann ich mir vorstellen.“

„Hast du etwa Angst?“, fragte Rabak verwundert.

„Dieser Ort hat etwas Unheimliches“, flüsterte Gerrith.

Rabak schüttelte belustigt den Kopf. „Ein ängstlicher Vampir. Wie drollig.“ Er tätschelte Gerrith die Schulter. „Dann bleib dicht bei mir.“

„Ist recht düster hier drin, was? “ Antonio holte zu Kai auf und trat neben ihn. „Kannst du noch etwas erkennen?“

„Gerade so.“

„Ich habe etwas für dich.“ Der Zeremonienvampir hielt Kai die offene Hand hin.

„Was ist das?“ Kai erkannte einen winzigen Stoffbeutel.

„Mach`s auf!“

Er blieb stehen, nahm Antonio den Beutel aus der Hand und leerte den Inhalt des Beutels in die Handfläche.

„Kontaktlinsen?“, fragte er, nachdem er mit den Fingern der anderen Hand getastet hatte.

„Fast. Es sind Lichtlinsen. Damit kannst du annähernd so gut sehen wie als Vampir. Ich dachte, das könnte hilfreich sein. Soll ich sie dir einsetzen?“

„Unbedingt!“ Kai hielt Antonio die Hand hin. Der nahm die Lichtlinsen, sagte: „Nach oben schauen“ und im nächsten Augenblick spürte Kai, wie die Linsen auf seine Augen kamen.

„Besser, oder?“

Kai blinzelte und sah Antonio an. Klar und deutlich konnte er den Vampir nun erkennen. Er blickte sich um. Alles war gestochen scharf. Das Moos an den Wänden, die groben Steine des Bodens, die gewölbte Decke über ihnen.

„Fantastisch!“, flüsterte er.

„Eine kleine Erfindung von mir. Ich freue mich, dass sie offensichtlich so gut funktioniert. Nun komm, die anderen sind schon weit vorn.“

Antonio und Kai holten zu den anderen auf. Sie gingen den Gang entlang, bis sie an eine Treppe kamen.

„Ihr wartet hier“, befahl Rabak und ging die Stufen hinauf. Dort war eine kleine Holztür, die er vorsichtig einen Spalt weit öffnete und hinausspähte. Dann winkte er die anderen herbei.

„Der Latrinentrakt“, flüsterte er und versicherte sich noch einmal, dass die Luft rein war.

„Na, wunderbar“, seufzte Gesine. „Das wird ja immer besser.“

„Keine Sorge, er wird nicht mehr benutzt.“

Leise und flink huschten sie in einen Gang.

„Keinen Mucks jetzt!“ Rabak legte den Zeigefinger auf die Lippen und schlich voraus. Auf beiden Seiten des Ganges gingen winzige Räume ab, die einst als Toiletten gedient hatten. Wasser tropfte von der Decke und lief die Wände hinab. An manchen Stellen mussten sie über

Steine steigen, die sich aus den Mauern gelöst hatten und auf dem Weg lagen.

Rabak führte sie den gesamten Trakt entlang. Lange Flechtensträhnen hingen von der Decke und an den Wänden glänzte das feuchte Moos. Schließlich kamen sie an eine Tür, die er vorsichtig öffnete. Er vergewisserte sich, dass die Luft rein war und schob die Freunde in den dahinterliegenden Korridor. Dort umfing sie ein frischer Lufthauch, der durch die Fenster wehte, die sich hoch oben in den Mauern befanden.

Die Wände des Ganges waren aus rauem, grobem Stein. In unregelmäßigen Abständen ragten Fackeln daraus hervor und in einigen der zahllosen Nischen leuchteten Laternen. Jedes Mal, wenn eine Abzweigung von dem Weg, dem sie folgten, abging, pressten sie sich fest gegen die Wand und lauschten, ob sie etwas Verdächtiges hörten. Einmal sahen sie in einiger Entfernung, wo ein Quergang kreuzte, eine Gruppe von Wachwolfiren. Sie warteten, bis die Schritte der Wachen nicht mehr zu hören waren und überquerten dann die Kreuzung. An der nächsten Abzweigung zeigte Rabak mit der Lanze nach rechts und sie bogen in einen neuen Weg ein. Warme, stickige Luft schlug ihnen dort entgegen und trug das unheimliche Murmeln erschöpfter Stimmen und jämmerliches Stöhnen an ihr Ohr.

„Jetzt kommen die Zellen der Gefangenen“, flüsterte Rabak.

„Dieses Wehklagen ist ja herzerweichend“, sagte Tonya.

„Es sind arme Seelen, die man hier gefangen hält.“

Dann war da noch etwas anderes. Klackend. Schlurfend.

Rabak blickte sich nervös um.

„Mist. Wachen!“, zischte er.

Schon schoben sich langgezogene Schatten über den Boden und zwei Wachen kamen um die Ecke.

Rabak griff Tonyas Arm und zog sie zu einer Wandnische. Kai, Gangolf und die anderen verschwanden in kleinen Seitengängen.

„Bescheuerter Dienst heute, oder?“, moserte die eine Wache. „Ausgerechnet wir müssen heute den Latrinentrakt inspizieren. Ausgerechnet wir. Warum eigentlich? Außer Ratten ist doch da eh keiner.“

„Reg dich nicht so auf, Kurak“, sagte die andere Wache. „Du weißt es doch genau. Irgendetwas stimmt mit den Lapiden nicht. Also herrscht eine erhöhte Sicherheitslage.“

„Blöde Lapiden.“ Kurak blieb genau neben dem engen Gang stehen, in dem Kai, Gutta, Gangolf und Gerrith standen. „Deretwegen müssen wir 'ne Extraschicht schieben.“

„Du wolltest doch nur in den Rundraum zur peinlichen Befragung durch die Präguntatoren.“

„Du etwa nicht? Irgendwann muss Gorx doch reden. Die Befragung hält doch kein normaler Wolfir so lange aus.“

Kai spähte zur Nische auf der anderen Seite des Ganges, in der Rabak und Tonya standen. Er konnte das schreckverzerrte Gesicht Rabaks sehen, als der Name seines Freundes fiel.

„Mir tut er leid.“

„Pssst, Asel, sei ruhig!“ Kurak hielt die Hand vor den Mund seines Kollegen. „Bist du wahnsinnig? Wenn das jemand anderes hört als ich, findest du dich ganz schnell neben Gorx wieder."

„Mag sein. Aber er tut mir trotzdem leid. Du, sag mal ..." Asel stellte die Ohren auf. Die dünnen, kräftigen Finger schlossen fest um den Schaft seines Speeres. „Riechst du das?"

„Riechen? Was soll ich riechen?" Kurak atmete tief ein und aus. „Ich rieche nichts."

„Aber hier riecht es doch ganz eindeutig nach ... nach Mensch. Nach Vampir. Nach Werwolf. Irgendwie nach allem zusammen." Asels Nasenflügel zitterten.

„Ach komm, echt?" Kurak schnüffelte. „Hast recht", sagte er und trat an die Spalte, in der Kai, Gutta, Gangolf und Gerrith die Luft anhielten und sich eng an den Stein pressten.

„Du, hier wird`s deutlicher."

„Nee, nee, hier." Asel stand vor der Nische, in der sich Tonya und Rabak nun hinter einen Steinvorsprung quetschten.

„Soll ich dir was sagen? Aus diesem Gang riecht es auch ganz stark nach Vampir. Und Werwolf. Komisch." Kurak war ein paar Schritte weiter gegangen und schnupperte in den Gang, in dem die Vampireltern und die Werwölfe standen.

„Ja, seltsam, oder?" Asel gesellte sich zu seinem Kollegen. „Sollen wir Alarm geben?"

„Weiß auch nicht. Das kann natürlich von der Alten kommen, die da hinten in der Zelle sitzt. Oder von diesem Vampir. Der hängt ja auch schon ein Weilchen im Bau rum."

„Meinste?"

„Wenn wir jetzt Alarm schlagen, kannst du dir das

mit der Befragung abschminken, das ist dir doch klar, nicht wahr?“

„Hm, stimmt auch wieder.“ Kurak trat in einen schmalen Gang. Er blickte sich um, schabte mit der Speerspitze über das Gestein und ging dann wieder zu Asel.

„Hab inspiziert“, grinste er. „Inspiziert und nichts gefunden.“

Asel grinste und schüttelte den Kopf. „Dann nur noch schnell den Latrinentrakt kontrollieren.“

Laut lachend gingen sie den Gang hinunter. Erst als ihre Schritte nicht mehr zu hören waren, wagte Kai, sich den Schweiß von der Stirn zu wischen.

„Das war knapp“, stöhnte er. „Sein Speer war so ein Stück vor meinem Kopf!“ Er hielt die Hand knapp neben die Wange.

„Meine Knie sind ganz weich“, flüsterte Gerrith mit zittriger Stimme.

Sie verließen ihr Versteck und traten zu den anderen.

„Habt ihr gehört? Sie haben einen Vampir gefangenen“, sagte Opa Gismo.

„Kommt weiter!“, drängte Rabak zum Aufbruch. „Wir stehen hier wie auf dem Präsentierteller.“

Sie bogen vorsichtig um die nächste Ecke und kamen in einen Gang, der noch düsterer war als der, in dem sie eben gewesen waren. Auf der rechten Seite waren die Zellen der Gefangenen. Einige hatten Eisentüren, andere besaßen keinerlei Tür, was Kai sehr verwunderte. In manchen Zellen kauerten die Gefangenen zusammengerollt wie Straßenhunde auf dem Boden, in anderen standen sie mit gesenktem Haupt angekettet an der Wand oder waren an Pfähle gebunden. Die Körper ausgemergelt, ihr Wille gebrochen, waren sie so kraftlos, dass sie nicht einmal aufblickten, als Kai und seine Freunde durch den Korridor kamen.

Rabak blieb stehen und sah entgeistert in einen Kerker, der keine Tür hatte. Ein alter Mann mit weißem Haar und einem schwarzen Umhang schwebte dort in der Luft. Das Kinn lag auf dem Brustkorb und das lange Haar hing in Strähnen über dem Gesicht. Die Handgelenke und die Fußknöchel wurden von gleißend hellen Lichtstrahlen umklammert, die ihn in der Luft hielten. Sie zuckten und zitterten, blitzten hell auf und gaben ein knisterndes Geräusch von sich.

Neben ihm kauerte eine alte Frau auf dem Boden, die Rabak den Rücken zugewandt hatte.

„Guckt euch das an. Guckt euch diese armen Kreaturen an", flüsterte Rabak mit Tränen in den Augen. „Wenn sie dies auch Kara angetan haben, dann ..." Er fuhr sich über das Gesicht.

Kai trat an seine Seite. „Komm, Rabak, lass uns lieber weitergehen. Wir ... Oma?" Es lief ihm heiß durch den Körper. „Oma!" Er machte einen Satz in das Verlies und hastete zu der alten Frau, die sich langsam umdrehte. Die Lichtfessel, die aus der Wand trat, war um ihren Hals gelegt. Schwerfällig blickte sie auf.

„Kai! Junge! Bin ich froh, dich zu sehen."

Kai kniete sich hin und umarmte sie.

„Vorsicht, die Fesseln. Es brennt sehr, wenn du sie berührst", sagte die Großmutter leise.

„Oma, was haben sie mit dir gemacht? Wie geht es dir?"

„Es geht schon. Hilfst du mir auf?"

Er fasste ihr unter den Arm und half ihr aufzustehen.

„Zu mir waren sie noch verhältnismäßig freundlich“, fuhr sie fort. „Aber Bronchius wurde sehr schlecht behandelt.“ Sie zeigte auf den alten Mann neben ihr.

„Bronchius? Bronchius Röchel?“ Gottfried von Greifendorf und die anderen Vampire stürzten in die Zelle. „Tatsache, er ist es! Renatus` Bruder! Teufel auch, Bronchius! Hörst du mich?“

Der Vampirvater zog Bronchius am Arm und berührte dabei die Lichtfessel.

„Aua!“, rief er und rieb sich die Hand.

„Ich sagte ja, Vorsicht! Wenn sie einem die Fesseln anlegen, brennt es nicht. Aber wehe, jemand anderes berührt sie.“

„Zeig mal, Gottfried.“ Gesine von Greifendorf untersuchte die Hand ihres Mannes.

„Geht schon, Liebes. Danke“, sagte er mit einem gequälten Lächeln.

Bronchius Röchel hob langsam den Kopf. Seine Augen waren blutunterlaufen und blickten müde um sich. „W... Wer ...“

Lamentira wischte ihm die Haarsträhnen aus dem Gesicht. „Pssst, Bronchius. Ganz ruhig. Wir holen euch raus“, wisperte sie und sah in das Gesicht des alten Vampirs. Die Haut war noch fahler als sonst und tiefe Falten hatten sich in sie eingegraben.

Bronchius versuchte zu lächeln. „Schade. Jetzt, wo ich eine so reizende Mitbewohnerin habe.“ Er hüstelte und seine Stimme war rau und schwach.

„Herr Röchel, Sie Charmeur!“ Die Großmutter strich das Kleid glatt und fuhr sich durchs Haar.

Per Polar und Pelle vom Pönnefjord untersuchten währenddessen interessiert die Lichtfesseln.

„Erstaunliche Konstruktion, was?“, staunte Per anerkennend.

„Wie haben die das nur gemacht?“ Pelle ging um Kais Oma herum und begutachtete die Stelle an der Wand, aus der die Fessel heraustrat.

„Bekommen wir die ab?“

„Wenn sie aus Fasern wäre, könnte ich mein Gebiss anbieten, doch so ...“, sagte Henriette, die den beiden über die Schulter guckte.

Kurt und Naomi flogen zur Decke des Kerkers, wo Bronchius` Armfesseln aus dem Gestein traten.

„Keine erkennbaren Schwachstellen“, sagte die Eule, als sie wieder auf Tonyas Schulter Platz genommen hatte.

„Die Wächter benutzen etwas, das aussieht wie ein Zauberstab, wenn sie an den Fesseln herummachen“, erklärte die Großmutter.

„Denkt ihr, dass Wieland und Rufus wieder Hilfe von dieser Hexe Cylinda Catyll bekommen haben?“, fragte Gutta.

„Diese Lichtfesseln sehen sehr danach aus“, meinte Gangolf.

„Ich glaube, ich habe eine Idee!“, rief Gerrith da. „Allerdings bräuchte ich dazu so etwas wie einen Spiegel.“

„Tolle Idee!“ Sein Bruder klopfte ihm auf den Rücken, sodass Gerrith einen Satz nach vorn machte. „Siehst du hier einen?“

„Ach, damit könnte ich dienen. Moment mal.“ Paul griff in die Hosentasche und angelte einen kleinen Spiegel daraus hervor. „Genügt der?“

„Wieso hast du einen Spiegel dabei?“, wunderte sich Gangolf.

Als Paul auch die fragenden Blicke der Werwölfe bemerkte, sagte er: „Ihr wisst doch, wenn ich etwas esse, bleibt mir gern mal etwas zwischen den Zähnen hängen. Da ist so ein kleiner Spiegel höchst praktisch."

Er reichte Gerrith den Spiegel, der damit an die Lichtfessel der Großmutter trat.

„Nicht bewegen", flüsterte er und hielt den Spiegel mit einer blitzschnellen Bewegung in das Licht. Der Strahl traf die Spiegeloberfläche und wurde in alle Richtungen zurückgeworfen. Manche Strahlen schlugen zischend in den Boden ein, andere flirrten im Zickzack derart durch das Verlies, dass Paul und Per mit einem weiten Satz zur Seite sprangen, damit sie nicht von den Blitzen getroffen wurden. Einige wenige aber wurden an die Stelle der Wand zurückgeworfen, aus der die Lichtfessel austrat. Die Fessel leuchtete gleißend hell auf. Ein tiefes Summen mischte sich in das Knistern und Knacken. Aus der Kerkerwand sprangen Funken. Blitze schossen aus dem Stein und zuckten durch die Luft davon. Auf einmal löste sich die Fessel aus der Wand und vom Hals der Großmutter und segelte in Schlangenlinien auf den Zellenboden, wo sie erlosch und sich auflöste.

„Vielen Dank, Gerrith." Die Großmutter strich sich über den Hals.

„Entschuldigung, würdet ihr bei mir auch ...?"

„Aber Bronchius, selbstverständlich!" Gesine von Greifendorf bedeutete ihrem Sohn, den Vampir ebenfalls von seinen Fesseln zu befreien und sofort machte sich Gerrith an die Arbeit. Zuerst befreite er die Beine, dann segelte er unter die Zellendecke und zerstörte die Handfesseln. Gemeinsam schwebten Gerrith und Bronchius auf den Boden.

„Bronchius, mein Lieber!“ Gesine von Greifendorf nahm den Freund in die Arme und drückte ihn fest. „Wie schön, dich einigermaßen wohlbehalten zu sehen!“

„Ganz meinerseits“, sagte der Vampir. Sein Lächeln schnitt tiefe Falten in seine Haut.

„Einigermaßen wohlbehalten?“, wiederholte Gottfried von Greifendorf kopfschüttelnd. „Schaut ihn euch doch an. Der Arme muss dringend etwas essen. Wie lange haben sie dich schon hungern lassen?“

Bronchius winkte ab. „Frage nicht! Ich kann mich schon gar nicht mehr daran erinnern, wie gutes Blut schmeckt.“ Und mit Blick zu den Werwölfen fügte er hinzu: „Oh, Entschuldigung. Ich sollte in eurer Gegenwart so etwas nicht erwähnen.“

„Ach was!“ Paul lachte. „Keine Sorge, wir sind nicht so zart besaitet.“

„Wart ihr die ganze Zeit allein in dieser Zelle?“, fragte Rabak.

Bronchius blickte ihn an. Erst jetzt schien er zu bemerken, dass ein Wolfir anwesend war. „Ja. Bis sie meine reizende Mitinsassin herbrachten, war ich stets allein in dieser grässlichen Zelle.“

„Hm.“ Rabaks Gesicht verdunkelte sich. „Wir sollten jetzt weiter.“

Er wandte sich ab und blickte vorsichtig in den Gang. Als er sah, dass die Luft rein war, winkte er die anderen zu sich.

Auf Zehenspitzen schlichen sie durch den Korridor, vorbei an Zellen, in denen die Gefangenen auf dem Boden kauerten. Das leise Summen der Lichtfesseln vermischte sich mit Stöhnen und Wehklagen.

Kurz bevor sie eine Weggabelung erreichten, hob

Rabak die Hand und stellte die Ohren auf. „Wartet!“ Er drehte die Ohren wie ein Radar. Leise sagte er dann: „Wir sind nicht allein.“

Die Vampire und die Werwölfe blickten einander an. Dann hörten sie es auch. Aus dem Korridor kamen Stimmen.

„Da sind mindestens drei oder vier Wolfire im Anmarsch“, zischte Rabak.

„Bist du sicher? Mit denen würden wir noch fertig werden“, meinte Robbie.

„Das haben wir gleich.“ Kurt hob von Kais Schulter ab.

„Vogel, was hast du vor? Bleib hier!“ Rabak wollte den Raben zurückhalten, doch er griff ins Leere.

Kurt schlug ein paar Mal kräftig mit den Flügeln und segelte dann um die Ecke.

„Wir müssen uns verstecken“, sagte Rabak.

„Wo denn?“ Gerrith sah sich um. Die Wände waren glatt und es gab nicht die kleinste Spalte, in die sie sich hätten verkriechen können.

Lamentira zeigte nach oben. „Vielleicht dort?“

Rabak schnalzte mit der Zunge. „Die alten Lüftungsschächte! Natürlich! Auf die Idee hätte ich auch kommen können.“

„Passen wir alle dort hinein?“, fragte Per.

„Ich weiß nicht, wie weit sie reichen. Sie wurden vor langer Zeit von außen zugemauert“, erwiderte Rabak.

„Wir versuchen es.“ Opa Gismo winkte seine Enkel und Kai zu sich. „Fliegt so weit wie möglich in den Schacht. Los, beeilt euch!“

Sofort hoben Gutta, Gangolf und Gerrith vom Boden

ab und flogen mit Kai an die Gewölbedecke, wo sie in dem Schacht verschwanden.

Pelle trat hinter Rabak. „Darf ich?"

Ohne ein Wort zu sagen, hob Rabak die Arme an. „Jeder Vampir nimmt sich einen Werwolf. Mir nach!" Pelle schnappte sich den Wolfir, stob davon und tauchte in die Dunkelheit des Lüftungsschachtes ein.

Als nur noch die Vampireltern, Opa Gismo, Bronchius und Tonya übrig waren, kam Antonios Stimme aus dem Schacht. „Es ist kein Platz mehr!", zischte er.

„Auch das noch!" Gesine atmete schwer aus.

In diesem Augenblick kam Kurt um die Ecke gesegelt. „Da kommen drei Wachen!", krächzte er so leise er konnte. „Sie sind gleich hier."

Rabak steckte den Kopf aus dem Lüftungsschacht. „Kurt, komm hierher!" Sein Arm lugte aus der Decke hervor und winkte Kurt in das Versteck. „Und ihr geht in die Zelle neben euch und tut so, als wärt ihr Gefangene."

„Wir sollen bitte was?" Die Vampirin blickte ihn entrüstet an. „Das kommt ja gar nicht in Frage!" Sie holte tief Luft und stemmte die Hände in die Hüften. „Gibt es nicht noch einen Schacht?"

„Der ist zu weit weg."

Gottfried zog seine Frau in die Zelle, in der Tonya. Bronchius und Opa Gismo bereits auf dem Boden kauerten. Keine Sekunde zu früh, denn schon bogen zwei Wachwolfire um die Ecke.

„Wo is' er 'n hin?", keuchte der eine.

„Keine Ahnung." Der andere stützte sich auf seinen Speer.

„Habt ihr 'n?" Der dritte Wachwolfir kam um die Ecke gehechtet.

„Nee."

„O Mann! Sursel! Angard! Euch kann man aber auch nichts machen lassen, ehrlich." Er schüttelte den Kopf. „Diese Rabenviecher haben hier nichts zu suchen."

„Als hätten wir nicht genug zu tun", schnaufte Sursel.

„Wir könnten ja so tun, als hätten wir ihn nicht gesehen", kicherte Angard.

„Das habe ich jetzt aber nicht gehört, mein Lieber!", donnerte der dritte Wachwolfir.

„Ach, Garik!" Angard verdrehte die Augen. „Du bist immer so genau!"

„Und daran solltest du dir ein Beispiel nehmen." Mit ausgestreckter Hand zeigte er in die Zelle, in der Tonya und die Vampire waren. „Was ist das hier eigentlich?"

Er trat einen Schritt vor und stellte sich an den Eingang. „Die haben ja gar keine Fesseln."

„Nee, ham se nich'." Sursel grinste breit.

„Und ein Gitter ist auch nicht vor der Zelle."

„Nee, is' es nich'."

„Was?", fuhr Garik Sursel genervt an.

„Der Herr Ich-bin-so-genau-und-schaut-her-da-könnt-ihr-noch-was-von-mir-lernen! Alles weiß er, aber das Neueste kennt er wieder nich'."

Angard kicherte. „Die Alte hat sich wieder was ausgedacht."

„Welche Alte denn nun schon wieder?"

„Na, die Catyll. Die Hexe."

„So? Davon weiß ich ja wirklich noch nichts."

„Wie beruhigend, dass auch du mal etwas nicht mitbekommst." Angard kam zu ihm und strich mit dem Finger über den Türrahmen. „Das ist Cylinda Catylls Versuchszelle. Ihr neuestes Meisterstück!"

„Der letzte Schrei, sozusagen." Sursel grinste.

Garik musterte die Zelle. „Versteh ich nicht. Was ist daran so meisterlich anders als bei den anderen Zellen?"

„Man braucht keine Fesseln mehr."

„Und auch keine Tür", ergänzte Angard.

„Und warum?"

„Pass auf!" Sursel trat an den Türrahmen. „He, du, Vampirtussi. Komm mal her."

Gesine von Greifendorf hob den Kopf und erstarrte. Ganz langsam richtete sie sich kerzengerade auf drehte sich zu dem Wolfir.

„Meinen Sie etwa mich?" Sie betonte jedes einzelne Wort und ihre Stimme bebte vor Zorn.

„Siehst du hier sonst noch jemanden wie dich?"

„Ich darf doch sehr bitten!" Gesine verschränkte die Arme vor der Brust. „Wie reden Sie denn mit mir?"

„Quatsch nicht rum, komm her!" Sursel äffte ihren gekränkten Ton nach und winkte sie mit dem Zeigefinger an die Kerkertür.

„Den Teufel werde ich tun. Kommen Sie doch hierher zu mir!"

Sursel blickte seine Kollegen an. „Für solch hartnäckige Fälle hat die Catyll natürlich auch vorgesorgt." Er grinste und drückte auf einen Stein am Türrahmen. Neben Gesine quoll ein weißer Dunst aus der Mauer.

„Huch!" Die Vampirin machte einen Satz zur Seite und sah auf die Schwaden, die auf sie zu krochen. Sie riss die Arme hoch und stürzte zu ihrem Mann.

„Knoblauch!", rief sie.

„Richtig, Verehrteste." Sursel setzte ein triumphierendes Lächeln auf. „Ich könnte die Dosis noch ein wenig erhöhen. Oder aber, du bewegst deinen Hintern jetzt an die Zellentür."

„Ich ergebe mich der rohen Gewalt. Hinter diesen Mauern scheint man von Stil und Anstand noch nichts gehört zu haben. Eine Art haben die hier! Ohnegleichen!" Gesine strich das Kleid glatt und schritt erhobenen Hauptes an den Eingang der Zelle. Als sie einige Meter von ihm entfernt war, traten plötzlich Dornenranken aus den Steinen. Sie tasteten sich zuckend und knisternd durch die Luft, verdrehten sich ineinander und tauchten auf der anderen Seite des Torbogens wieder in das Gestein ein. So woben sie ein Netz aus dicken Ästen, deren spitze Dornen niemanden hindurchließen und den Weg aus der Zelle versperrten. Gesine blieb erschrocken stehen.

„Jetzt weiß ich, was du meinst." Garik zog die Augenbraue hoch und berührte mit der Spitze des Zeigefingers eine Dorne. „Mit denen möchte ich keine Bekanntschaft machen."

„Nicht wahr. Und jetzt gib Acht!" Sursel hob den Speer und drosch damit so wild auf das Gestrüpp ein, dass einige Äste abbrachen. Sofort aber bildeten sich neue und schlossen das Dickicht wieder. „Die Hexe hat ganze Arbeit geleistet."

„Respekt!" Garik nickte anerkennend.

„Du kannst dich wieder zu den Deinen scheren." Sursel bedeutete Gesine mit einer abfälligen Handbewegung, vom Eingang zu verschwinden.

Die Vampirin trat kopfschüttelnd zu ihrem Mann. Kaum hatte sie sich vom Torbogen entfernt, zogen sich sie Dornen knisternd zurück und verschwanden.

„Vielleicht könnte sich diese Catyll auch mal etwas

gegen die Rabenplage einfallen lassen“, brummte Garik. „Ich hab's satt, hinter denen herzulaufen. Bin ich hier als Wache angestellt oder als Vogelfänger?“

Sursel und Angard kicherten.

„Er ist dort hinten hingeflogen, oder? Lasst uns da mal nachsehen.“ Angard zeigte mit dem Speer den Gang hinunter und sie marschierten davon.

„Rabenplage! Habt ihr das gehört? Rabenplage hat er gesagt. So eine Frechheit!“ Kurt hüpfte auf Kais Schulter von einem Bein aufs andere.

„Beruhige dich!“ Kai strich dem Freund über den Kopf.

Gutta, Gangolf, Gerrith und die anderen standen vor der Zelle, in der die Vampireltern, Tonya, Bronchius und Opa Gismo auf und ab liefen.

„Dieser Knoblauchgeruch! Ich kann gar keinen klaren Gedanken fassen!“ Gesine schritt zeternd die Zelle ab und rieb sich das Kinn. „Wir müssen diese Dornen doch überlisten können.“

Antonio untersuchte die Steinquader am Türrahmen. „Erstaunlich! Wirklich bemerkenswert!“, murmelte er anerkennend. „Ich weiß nicht, welche Art Magie diese Hexe benutzt. Aber sie beherrscht ihr Fach, das muss man ihr lassen!“

„Deine Anerkennung für Cylinda Catyll in allen Ehren, lieber Antonio. Aber wir würden gern diese Gefängniszelle verlassen.“

Der Zeremonienvampir räusperte sich. „Natürlich.“

„Also, irgendwelche Ideen?“

„Könnte Mutat helfen?“, fragte Naomi von Tonyas Schulter.

Antonio schüttelte den Kopf. „Ich habe keins mehr bei mir.“

„Wie wäre es mit Feuer? Wir könnten die Dornen niederbrennen“, schlug Per vor.

„Eine gute Idee, mein Freund!“, pflichtete Pelle ihm bei.

„Feuer ist keine gute Idee.“ Bronchius schüttelte den Kopf. „Ich kenne diesen Zauber, das ist ein perpetuierender Plagezauber.“

„Ein perpetu... Was?“ Paul und Johanna blickten den Vampir mit großen Augen an.

„Perpetuierender Plagezauber. Eine lästige Sache“, antwortete Bronchius. „Wenn wir die Dornen niederbrennen, wachsen sie sofort nach.“ Er seufzte. „Mein Bruder Renatus hätte sicher eine Idee.“

„Erinnert ihr euch an die hier?“ Kai zog die Schale mit den Petriwürmern aus der Umhangtasche und hielt sie den anderen hin.

„Woher hast du die?“, fragte Bronchius mit großen Augen.

„Renatus hat sie Sandra geschenkt, als wir ... Ach, was spielt das jetzt für eine Rolle. Nun habe ich sie und sie sollen mich an Sandra erinnern.“

„Das ist ja wunderbar!“ Bronchius rieb sich die Hände. „Gib sie mir!“

„Nein! Die gehören mir. Ich brauche sie um ...“ Kai zog die Hand zurück.

„Nicht doch! Nicht doch“, unterbrach Bronchius. „Ich möchte sie dir doch nicht wegnehmen, mein Freund! Ich brauche sie gegen die Dornen.“

Opa Gismo horchte auf und trat näher an den Türbogen heran.

„Komm nicht zu dicht an den Eingang“, befahl Bronchius. „Die Dornen dürfen nicht sprießen.“

„Oh, Entschuldigung!“ Opa Gismo blieb abrupt stehen.

„Darf ich also um die Würmer bitten?“ Bronchius hielt Kai die offene Hand hin.

„Aber die Dornen ...“

„Darüber mach dir keine Gedanken. Die kleinen Racker lösen das Dornensprießen nicht aus. Sie sind wahre Wunder der Natur, das habe ich schon immer gesagt. Du musst nur vorsichtig sein und sie mir ganz langsam hineinreichen.“

Nach kurzem Zögern streckte Kai den Arm in die Zelle und überreichte Bronchius die Schale mit den Petriwürmern.

„Danke.“

Er betrachtete die Würmer und hielt die Schale an den Rahmen des Zelleneingangs. Doch nichts geschah.

„Schade“, sagte er nach einer Weile. „Sie wollen nicht.“

„Was heißt sie wollen nicht?“, fragte Gangolf zornig. „Die haben gefälligst zu wollen!“

Bronchius lachte. „So einfach geht das nicht, mein Lieber. Die Petriwürmer helfen, wenn sie helfen wollen.“

„Ich versuche es.“ Kai nahm Bronchius die Schale aus der Hand, hielt sie dicht vor das Gesicht und flüsterte den Würmchen zu: „Bitte. Helft uns. Für Sandra. Für Rabaks Frau und Gorx. Bitte!“

„Da! Ich glaube es nicht. Ich glaube es nicht!“ Gangolf

ließ die Arme sinken. „Die interessieren sich gar nicht für uns."

„Nicht so hastig. Das mögen sie gar nicht. Gib ihnen etwas Bedenkzeit", sagte Bronchius.

„Bedenkzeit?", zeterte Gangolf. „Ts!"

Doch schließlich kam Bewegung in die Petriwürmer. Sie robbten in der Mitte der Schale zusammen und wuselten dann über den Rand der Schale auf das Gestein. Sie setzten sich auf bestimmte Stellen am Torbogen und verharrten dort.

„Diese kleinen Prachtkerle", sagte Bronchius in anerkennendem Tonfall. „Sie haben so viele Talente."

„Ob wir es wagen können?", fragte Tonya.

Opa Gismo trat vorsichtig an den Zelleneingang und stockte kurz, als er ein Knistern aus den Steinen hörte. Dann setzte er behutsam den Fuß über die Schwelle. Nichts geschah. Schnell hüpfte er aus der Zelle hinaus.

Die Vampireltern, Tonya und Bronchius folgten ihm.

„Ich würde ihnen einen Orden verleihen, wenn sie nicht so klein wären", frohlockte Gesine.

Kai schmunzelte, während er die Petriwürmer wieder in die Schale zurückkriechen ließ und diese dann in die Umhangtasche steckte.

10

GORX

Ein Lufthauch wehte durch den Gang und zerrte an den Flammen der Fackeln. Rabak schlich voraus und führte die Gruppe durch einen breiten Gang des Gefängnisses, vorbei an leer stehenden Zellen und solchen, in denen Gefangene an Lichtfesseln in der Luft schwebten oder wie Hunde auf dem Boden lagen. Das Stöhnen und Wehklagen, das sie zuvor auf ihrem Weg begleitet hatte, war nun in weite Ferne gerückt. Kurz vor einer Weggabelung hielt Rabak an und scharte die anderen um sich.

„Jetzt ganz leise." Er legte den Zeigefinger auf die Lippen. „Wir kommen in den Trakt der Präguntatoren!"

„Das hört sich aber unheimlich an", flüsterte Gerrith.

„Ist es auch. Hier finden die peinlichen Befragungen statt."

„So könnte ein Test bei uns in der Schule heißen", sagte Gangolf.

„Ich hoffe nicht. Die peinliche Befragung ist nichts anderes als Folter."

Gesine schüttelte den Kopf. „Zustände sind das hier. Ts!"

„Wir könnten doch auch dort drüben ..." Gerrith zeigte auf einen Weg in entgegengesetzter Richtung.

„Nein", unterbrach Rabak. „Es gibt hier noch einige Zellen. Vielleicht befinden sich Kara und eure Sandra in diesem Trakt."

Gerrith ließ den Arm sinken.

„Und Gorx!", ergänzte Gutta.

„Gorx könnte dort auch sein, ja." Rabak nickte. „Erinnert ihr euch an Asel und Kurat, die beiden Wachen, denen wir nach den Latrinen begegnet sind? Sie haben von Gorx' peinlicher Befragung gesprochen. Er könnte hier sein." Er hielt inne und blickte in den vor ihnen liegenden Gang. Langsam fuhr er fort. „Alle, welche die peinliche Befragung erleiden müssen, werden angeblich in eine Zelle in diesem Trakt gesteckt. So sind sie ganz nah bei den Präguntatoren." Sein rechtes Auge zuckte. „Das hat Bran neulich berichtet."

„Asel und Kurat haben auch von einem Rundraum geredet", fiel Paul ein.

„Ja", pflichtete Rabak ihm bei. „Aber den kenne ich nicht. Der Trakt der Präguntatoren wurde vor Kurzem völlig neu gestaltet."

Er atmete tief ein. „Mir nach!", befahl er und machte dann den ersten Schritt in den düsteren Gang.

Es wurde stickig und ein stechender Geruch nach Schwefel hing in der Luft. Die Werwölfe rümpften die Nase und Tonya kämpfte damit, nicht husten zu müssen.

„Das ist ja nicht zum Aushalten", flüsterte sie.

Naomi auf ihrer Schulter stöhnte ein gequältes „Du

sagst es!" Sie hatte den Flügel über das Gesicht gelegt. „Ich glaub ... Ich glaub, mir wird schlecht."

Tonya sah sie entsetzt an. „Untersteh dich!"

Kai, der neben Tonya ging, gluckste. „Würde ja gern mal eine Eule sehen, die ..."

„Junge! Sprich dieses Wort nicht aus!", zischte die Werwölfin.

Kurt streckte den Flügel von Kais Schulter zu Naomi und legte ihn sanft auf deren Rücken. „Du Arme! Aber lass dir gesagt sein: Das ist noch gar nichts. Damals, anno 93, als ich mit meinem Großonkel Bärkel über Island flog, da ..."

„Pst, da hinten!" Rabak blieb abrupt stehen und stellte die Ohren auf. Sein ganzer Körper war unter Spannung. Die Nasenspitze zitterte.

Die Großmutter fasste ihn an der Schulter. „Rabak, was ist?"

Der Wolfir hob die Hand und trat einen Schritt vor.

„Das gibt es nicht", zischte er. „Er ist nah. Ganz nah." Rabak verzog die Lefzen zu einem Grinsen. „Ich hatte recht", sagte er triumphierend und drehte sich zu den anderen. „Versteht ihr? Ich hatte recht!" Seine Augen glänzten. Er richtete den Blick in die Ferne und ging los.

„Rabak, was machst du da?", zischte Antonio.

Doch der Wolfir hörte ihn nicht. Er eilte mit großen Schritten durch den Gang, einem unsichtbaren Ziel entgegen.

„Rabak!"

Kai und seine Freunde sahen sich hilflos an.

„Was hat dieser Wolfir nur?" Henriette zuckte die Schultern.

„Egal. Ihm nach!“ Opa Gismo warf den Umhang herum und hastete Rabak hinterher.

Die Umrisse des Wolfirs zeichneten sich im Dämmerlicht ab. Er war bereits ein ganzes Stück den Gang entlang gegangen und blieb nun stehen. Weitere Wege zweigten ab und Rabak überlegte, welchen davon er nehmen sollte. Dann ging er weiter geradeaus.

Die anderen hatten größte Mühe, ihm zu folgen. Als auch sie an die Weggabelung kamen, sahen sie in der Ferne ein schummriges Licht. Rabak ging direkt darauf zu.

„Dieser Wolfir bringt uns noch alle in Teufels Küche“, schnarrte Johanna.

Sie huschten über die Wegkreuzung. Kai blickte dabei nach links und sah ein paar Wachwolfire, die dort zusammenstanden. Glücklicherweise hatten sie ihnen den Rücken zugewandt.

Kurz darauf durchschritten sie einen Türbogen und betraten einen hohen Raum. Es war dunkel und roch nach Angst und Schweiß. In der Mitte des Raumes kam ein helles Licht von der Decke und durchschnitt die Dunkelheit. Der Strahl malte einen weiten Kreis auf den Boden in dem Rabak stand und auf einen Wolfir starrte, der wie von Geisterhand gehalten mit ausgebreiteten Armen ein Stück über dem Boden in der Luft schwebte.

„Ist das Gorx?“, fragte Tonya leise.

„Ich denke schon“, antwortete Kai.

„Gorx! Gorx, hörst du mich?“ Rabak schossen beim Anblick des ausgemergelten Körpers Tränen in die Augen. Eine Wunde zog sich quer über die Wange des

Freundes. Das getrocknete Blut bildete eine dunkle Kruste auf der Haut. Das Hemd war zerrissen und mit Blutspritzern übersät.

„Gorx, so hör doch. Wir holen dich hier raus!" Rabak fasste an Gorx' Hüfte und versuchte, ihn auf den Boden zu ziehen. Doch Gorx regte sich keinen Millimeter von der Stelle.

„Bitte, wach auf!" Rabaks Stimme zitterte.

Gorx schlug langsam die Augen auf. Sein Blick war müde und leer. Rabak erschrak, als er in die trüben Augen sah.

„Rabak! Mein lieber, teurer Freund!" Gorx versuchte ein Lächeln, das ihm misslang. „Wieso bist du nur hierher gekommen?"

„Wer hat das mit dir gemacht?" Rabak strich ihm über den Kopf, zog die Hand jedoch sofort zurück, als er merkte, wie die Lefzen des Freundes vor Schmerzen zuckten.

„Du solltest nicht hier sein", hauchte Gorx.

„Ich habe Freunde mitgebracht. Wir helfen dir!"

„Freunde?" Gorx' Augen weiteten sich. „Du musst sie wegführen."

„Aber ..."

„Pst!" Gorx hustete und atmete schwer. „Keine Zeit, Rabak. Keine Zeit. Du musst deine Freunde in Sicherheit bringen."

„Zuerst müssen wir dich in Sicherheit bringen. Jetzt, da ich dich gefunden habe, lasse ich dich nicht zurück!"

„Rabak, du verstehst nicht. Dies hier ist eine Falle!"

Ein Geräusch, laut wie ein Paukenschlag, unterbrach ihn. Die Vampire und die Werwölfe fuhren erschrocken herum. Die Eingangstür war ins Schloss gefallen. Aus dem Dunkel trat eine Wand aus Körpern in das fahle Licht. Laut hallte der dumpfe Klang der Stiefel, als die Wachwolfire nach vorn traten. Mit einer schnellen Bewegung richteten sie die Speere auf die Vampire und die Werwölfe.

„Willkommen!“ Eine hagere Gestalt löste sich aus der Menge.

„Wieland von Wünschelsgrund!“ Gesine schlug die Hand vor den Mund.

„Derselbige!“ Wieland lachte rau.

Die Vampire richteten die Lanzen gegen ihn, woraufhin sofort einige Wachwolfire auf sie zustürzten.

„Nicht doch!“ Wieland hob die Hand und winkte die Wolfire zurück. „Wer wird denn gleich so aggressiv sein?“

Eine weitere Gestalt trat aus der Dunkelheit und stellte sich kichernd neben ihn. Es war Rufus Wankelmann.

Wieland rückte den Hut gerade. Seine Augen funkelten glutrot darunter hervor.

„Ich hatte ja mit Besuch gerechnet“, sagte er und malte mit den Zeigefingern Anführungszeichen in die Luft, als er das Wort 'Besuch' aussprach. „Dass es jedoch ein so zahlreicher werden würde, das hatte ich nicht erwartet.“

Für einen Augenblick legte sich ein bleiernes Schweigen über den Raum, das so drückend war, dass es schmerzte. Erst Rabaks Stimme zerriss diese Grabesstille.

„Was hast du mit meinem Freund gemacht?“, brüllte er. Jede Faser seines Körpers war angespannt.

„Wieso regt er sich so auf? Könnt ihr das verstehen?“ Wieland drehte sich zu den Wachwolfiren und wandte sich dann wieder Rabak zu.

„Was du da siehst, dieses Häuflein Elend, diesen jämmerlichen Rest von Leben, das hat dieser Verräter sich selbst angetan." Er zeigte auf Gorx und sah Rabak mit durchdringendem Blick an.

„Was redest du da für einen Unsinn!" Rabak zitterte am ganzen Leib. „Das wirst du büßen!", fauchte er und ballte die Hand zur Faust.

„Rabak, nein!" Kai schob Gesine und seine Großmutter beiseite, stürzte zu dem Wolfir und packte ihn am Arm. „Nicht!"

Für einen Moment starrten die beiden einander an. Kai durchzog ein Schauder als er den abgrundtiefen Hass und die ungestillte Wut in Rabaks Augen sah.

„Mein kleiner Freund. So jung an Jahren und doch so besonnen. Fast möchte ich dir meine Bewunderung aussprechen. Kannst du ihn nicht verstehen? Kannst ausgerechnet du seine Wut nicht verstehen, hm?" Wieland lachte auf und ging einen Schritt auf Kai zu.

„Kai Flammersfeld. Der Junge ohne Spiegelbild", flüsterte er. „Welch eine Bürde du tragen musst. Armer, armer Kai Flammersfeld." Er machte eine Pause und fuhr dann mit gespielter Betroffenheit fort. „Ich kann mir nicht im Entferntesten vorstellen, wie es sein muss, ohne Spiegelbild zu leben. Tut es weh?" Er neigte den Kopf leicht zur Seite. „Spürst du schon, wie deine Gefühle erkalten, ja? Das ist bestimmt schrecklich." Er schnalzte mit der Zunge. „Und deine kleine Freundin ... Wie heißt sie noch gleich? Hm? Kannst du mir auf die Sprünge helfen? Oder hast du bereits ihren Namen vergessen? Vielleicht weißt du schon gar nicht mehr, von wem ich spreche?" Er schüttelte den Kopf. „Die Welt entschwindet dir. Alles, was dich ausmacht, geht verloren." Er richtete sich auf und breitete die Arme aus. „Oh, wie sehr ich mich auf diesen Augenblick freue! Jede Minute, die du mehr und mehr leidest und zu einer leeren, leblosen Hülle deiner selbst wirst, werde ich in vollen Zügen genießen. Genießen! GENIEßEN!" Die Worte hallten wie Gewehrschüsse durch den Raum.

Kai spürte aufkeimende Wut und versuchte, sie zu verdrängen.

„Wo ist Sandra?", fragte Kai ruhig.

„Oooh, du kennst also noch ihren Namen! Bravo!" Wieland zog den Hut und deutete eine Verbeugung an. Lange, dünne Haarsträhnen fielen dabei über sein entstelltes Gesicht. „Ich kann dich beruhigen", schauspielerte er und setzte den Hut wieder auf. „Dort, wo sie ist, ist für dich auch noch ein Plätzchen frei."

Hinter ihm ertönte Rufus Wankelmanns Lachen.

Kai schluckte. So sehr er sich dagegen wehrte, Wielands dunkle Stimme machte ihm Angst.

„Aber keine Sorge. Ihr werdet nicht allein sein. Für Gesellschaft ist gesorgt."

Rabak stellte die Ohren. „Kara", flüsterte er.

„Du kennst die Verräterin?", fragte Wieland.

Rabak knirschte mit den Zähnen. „Sie ist meine Frau", knurrte er und seine Kiefermuskeln zuckten.

„Ach, sieh einer an." Wieland stupste Wankelmann in die Seite. „Was wir für interessante Gäste in der Halle haben, nicht wahr, Rufus?"

Rufus nickte.

„Nun", fuhr Wieland fort, „ich hoffe, ihr habt euch anständig verabschiedet, als ihr euch das letzte Mal gesehen habt. Denn du wirst deine Frau nie wiedersehen." Die letzten Worte zog er genüsslich in die Länge.

„Du ..."

„Nicht, Rabak, nicht!" Kai hielt ihn zurück.

„Allerdings, ich könnte mich dazu hinreißen lassen, meine Meinung zu ändern." Wieland strich sich mit Daumen und Zeigefinger übers Kinn. „Dein Bekannter hier ..."

„Freund!"

„Gut. Freund ..." Er äffte Rabaks Tonfall nach. „Dein Freund hier zeigt sich nicht gerade hilfsbereit. Wenn du mir anstatt seiner die Informationen gibst, die ich haben will, dann soll es dein Schaden nicht sein." Er fixierte Rabak mit seinen roten Augen.

Kai setzte an, etwas zu sagen, da kam ihm seine Großmutter zuvor.

„Was immer es ist, sage nichts, Rabak! Wieland lügt!"

„Ts, ts, ts! Geysira. Du enttäuschst mich mal wieder." Er ließ die Hand in der Manteltasche verschwinden, zog etwas daraus hervor und hielt es Kai und seinen Freunden entgegen. „Vielleicht kann euch das überzeugen, etwas kooperativer zu sein?"

„Unser Licht!" Robbie bekam große Augen.

„Du sagst es, Werwolf."

„Ich weiß nicht, von welchen Informationen ...", knurrte Rabak.

„LÜGE!" Wieland riss den Hut vom Kopf und warf ihn zu Boden. An seinem Hals traten die Adern hervor. „Du weißt genau, was ich wissen will. Ihr alle wisst es! Meint ihr, ich kenne eure Pläne nicht?" Er machte eine kurze Pause und fuhr dann ruhig fort. „Unterschätzt mich nicht. Wieso, glaubt ihr, seid ihr so einfach bis hierher gekommen? Habt ihr wirklich gedacht, ich hätte euch nicht bemerkt? Ich habe meine Augen überall." Er riss den Arm hoch und hielt das Licht in die Luft. „Jeder hier weiß, dass dies der erste Schlüssel ist, um hinter die Spaltspiegel zu kommen." Er zeigte mit der anderen Hand auf einen Spiegel, der einige Meter entfernt im Halbdunkel stand. „Und jetzt will ich wissen, wo und was der zweite Schlüssel ist!"

Gorx hustete. „Du hast doch nichts gegen uns in der Hand!"

„Du irrst dich. Ich habe alles in der Hand. Alles!" Das feine, dunkle Netz aus Adern, das sich über Wielands fahlen Schädel spannte, pulsierte. „Wenn ich nicht erfahre, was der zweite Schlüssel ist und wo ich ihn finden kann, werden die Werwölfe ihr Licht nie wiedersehen. Und niemand wird je wieder Sandra und die Frau von dem da zu Gesicht bekommen." Er zeigte mit einer abfälligen Handbewegung auf Rabak.

„Mag sein", hustete Gorx. „Aber du wirst auch nie hinter den Spiegel treten können."

Wieland verzog die Lippen langsam zu einem Grinsen.

„Oh, das werden wir ja sehen." Seine Stimme klang so abgrundtief böse, dass es Kai eiskalt den Rücken hinunterlief. Dann schnippte er mit den Fingern. „Ergreift sie!"

Die Wachwolfire stürzten sich auf Kai und seine Freunde.

Speere und Lanzen knallten aufeinander.

„Bleib dicht bei mir", rief Diadema und versetzte einer Wolfirin einen Stoß mit dem Lanzenschaft. „Wir geben uns gegenseitig Deckung."

„Alles klar!" Lamentira wehrte einen hochgewachsenen Wolfir ab. Die Schläge seines Speeres waren so stark, dass sie immer tiefer in die Knie ging. Auf einmal erstarrte der Wolfir, riss die Augen auf und brach dann zusammen.

„Kommt mit!“ rief Robbie und nahm seine Lanze wieder an sich. „Da drüben brauchen sie unsere Hilfe!“

Dort, wo der Lichtkegel in das Dunkel des Raumes überging, kämpften Per, Pelle und die von Greifendorfs gegen eine Überzahl von Wolfiren.

„Die Kinder! Schützt die Kinder!“, rief Gesine, sprang vom Boden ab und trat dem Wachwolfir vor ihr in den Bauch. Der Wolfir stöhnte, taumelte und fiel zu Boden, wo er regungslos liegen blieb.

„Wir nehmen sie in unsere Mitte.“ Gottfried packte Gutta am Arm und zog sie hinter sich. „Bleib da!“, befahl er.

„Auf keinen Fall.“ Gutta riss sich los und stürmte auf einen hageren Wolfir zu, der neben Gangolf auftauchte.

Gangolf schnellte herum und sah die Spitze des Speeres vor sich.

„Widerliche Vampirbrut. Nimm das!“, schnarrte der Wolfir. Doch im nächsten Augenblick schrie er auf. Gutta hatte ihre Lanze in seinen Arm gestoßen, dass die Spitze auf der anderen Seite daraus hervortrat. Sie drehte die Lanze herum und zog sie mit einem Ruck wieder aus dem Arm heraus. Der Wolfir brüllte vor Schmerz. „Du kleiner Teufel! Dir werd ich`s zeigen!“ Er nahm den Speer in die andere Hand.

„Gar nichts wirst du!“ Gangolf holte aus und versetzte dem Wolfir einen Faustschlag ins Gesicht, der so heftig war, dass der Kiefer knackte.

Sofort ließ der Wachwolfir den Speer fallen und hielt

sich das Kinn. „Er hat mir den Kiefer gebrochen!" Benommen vor Schmerzen stolperte er rückwärts.

Gangolf holte abermals aus.

„Warte, lass mich!" Gerrith tauchte neben ihm auf. Er ballte die Faust und schlug so kräftig zu, dass der Kopf des Wolfirs weit in den Nacken fiel. Es krachte und ein Zahn flog im hohen Bogen aus dem Mund.

„Aua! Aua!" Der Wolfir riss die Arme hoch und rannte davon.

„Alle Achtung, Bruderherz," Gangolf klopfte Gerrith anerkennend auf den Rücken. „Du bist ja doch kein Angsthase."

Gutta schrie auf. Der Knochenmann, Rufus Gehilfe, hatte sie mit einer Hand am Hals gepackt. Mit der anderen zog er ein Messer hervor, das zwischen seinen Rippen steckte.

„So sieht man sich wieder", säuselte er. „Ich freue mich, eurem Ende beiwohnen zu können." Er lachte, sodass sein Kiefer bedenklich wackelte.

„Lass sie los, sofort!", brüllte Gangolf.

„Du verkennst die Lage", erklärte das Skelett ruhig. „Schau dich mal um. Ich glaube nicht, dass du in der Position bist, irgendwelche Wünsche zu äußern."

Es presste Gutta enger an sich und hielt die Messerspitze gegen ihr Herz.

„Ein klein wenig mehr Druck und ..." Es hielt inne, atmete pfeifend aus und ließ dann den Kopf zur Seite kippen.

„Du ..." Gangolfs Augen blitzten vor Wut.

„Vorsicht mit der Wortwahl!" Der Knochenmann richtete für einen kurzen Augenblick das Messer auf Gangolf „Du hast es in der Hand, ob deine Schwester schnell oder langsam sterben wird. Je mehr du mich beleidigst, desto langsamer und qualvoller wird ihr Tod sein. Auf der anderen Seite ..." Der Knochenmann tat so, als ob er überlegte. „Eigentlich ist es mir egal. Langsam ist besser. Ich will ja schließlich auch meinen Spaß haben."

Plötzlich tauchte Kai hinter ihm auf.

„Dann tut`s mir ja leid, dass ich dir diesen Spaß verderben muss." Blitzschnell schwang er die Lanze über den Schädel des Skelettes, fasste sie an beiden Enden des Schaftes und zog sie nach hinten. Der Schaft knallte gegen die Halswirbel. Der Knochenmann ließ von Gutta ab und im nächsten Moment schnellte sein Schädel nach hinten. Mit einem lauten Knacken brach er von den Halswirbeln ab und flog durch die Luft. In einiger Entfernung knallte er auf den Boden und rollte davon. „Aua!", rief der Schädel und fluchte heftig. Der Rest des Skelttkörpers stand da und fuchtelte mit den Armen in der Luft herum.

„Dir werd ich`s zeigen! Jetzt hab ich meinen Spaß!" Gutta nahm Anlauf und trat dem Skelett so fest gegen den Brustkorb, dass die Knochen brachen. Sie fielen wie ein Kartenhaus in sich zusammen und verteilten sich auf dem Boden.

Johanna hatte alle Mühe, dem Speer des Wolfirs auszuweichen. Ihr Gegner war gut, viel besser als sie selbst und sie befürchtete, ihm nicht mehr lange standhalten zu können. Eben hatten sie neben Gorx gekämpft und es war dem Wolfir mit ein paar geschickten Hieben gelungen, Johannas Arm gegen die Lichtfessel zu stoßen. Die Stelle, an der ihr Arm das Licht berührt hatte, brannte höllisch. Aus den Augenwinkeln heraus bemerkte sie, wie sich ein weiterer Wolfir näherte. Zweien war sie unmöglich gewachsen. Sie wartete etwas, bis der andere Wolfir nah genug gekommen war. Ihre Hand schloss sich fester um die Lanze. Sie sprang vom Boden ab, setzte zurück und drehte dem zweiten Wolfir den Oberkörper zu. Blitzschnell stieß sie mit der Lanze zu. Der Wolfir sank auf die Knie und fiel vornüber.

Sofort wandte sich Johanna wieder dem anderen Wolfir zu. Mit der rechten Hand hielt sie die Lanze umklammert, mit der linken winkte sie den Wachwolfir heran.

„Komm nur! Komm!“

Der Wolfir verzog die Lefzen. Er riss den Mund auf und fauchte. Jede Faser seines Körpers bebte.

„Willst du mir Angst einjagen, Werwölfin?“ Er stand mit leicht gebeugtem Oberkörper da. Seine Augenbrauen zuckten und ein dunkles, gurgelndes Geräusch drang aus seinem Rachen.

Sie umkreisten einander wie Raubtiere. Johanna richtete die Lanze gegen den Wolfir, machte einen Ausfallschritt und stieß zu, als sie einen bohrenden Schmerz in ihrem Bauch spürte. Eine grausige Kälte raste in Sekundenschnelle durch ihren Körper. Ihre Hand fasste an die Stelle, an der sie der Wolfir mit dem Speer getroffen hatte. Sie fühlte Blut.

Johanna ließ die Lanze fallen. Sie knallte neben ihr auf den Boden, wo sie der Wolfir mit dem Fuß zur Seite kickte.

Langsam sank Johanna auf die Knie. Um sie herum bewegte sich alles wie in Zeitlupe. Wolfire, Werwölfe, Vampire, ... All das verlor an Bedeutung. Johanna verzog die Lippen zu einem feinen, zufriedenen Lächeln und schloss die Augen ...

Rabak hatte es geschafft, seinen Gegner abzuhängen und zwischen den kämpfenden Körpern hindurch zu Gorx vorzudringen.

„Gorx, halte durch! Wir holen dich hier raus", sagte er und fasste den Freund am Arm. „Vorhin haben wir ..."

„Ach, Rabak", unterbrach Gorx und blickte ihn aus müden Augen an. „Ich weiß, du meinst es gut. Aber es ist zu spät."

„Sag so etwas nicht, hörst du. Vorhin haben wir es auch geschafft, die Fesseln zu lösen und ..."

„Rabak, hör mir zu! Hast du das Drauga?", unterbrach Gorx den Freund.

„Der Junge hat es."

„Gut. Ihr werdet es brauchen. Kara und das Menschenmädchen müssen davon trinken."

„Ich weiß, aber ..."

„Du musst mein linkes Auge herausnehmen."

„Was?" Rabak wich zurück. „Was redest du da?"

Gorx versuchte so gut es ging, den Kopf in Rabaks Richtung zu drehen.

„Nimm mein linkes Auge heraus!"

„Ich weiß nicht, was das soll. Aber ..."

„Rabak, versteh doch. Das Auge, es ist der Schlüssel! Der Schlüssel, den du brauchst, um Kara zu finden. Der Schlüssel, den der Junge braucht, um das Menschenmädchen zu befreien. Nimm es, hörst du! Nimm es!"

Rabak sah ihn entsetzt an. „Nein", wisperte er. „Du

wirst uns mit dem Schlüssel führen. Du! Wir befreien dich und wir machen das gemeinsam!"

„Zu spät, mein Lieber. Zu spät. Erinnerst du dich, als ich vor Kurzem die geheime Bibliothek unserer Ahnen vor der Riege in Sicherheit brachte?"

Rabak nickte.

„Ich stieß dabei auf ein altes Pergament, in dem von den Schlüsseln die Rede war. Und als ich merkte, wohinter dieser Wieland her war, musste ich handeln. Den einen Schlüssel, das Licht der Werwölfe, konnte ich unmöglich an mich bringen. Aber den anderen schon." Er hustete und versuchte zu lachen. „Es war so einfach. So unglaublich einfach!"

„Ich weiß nicht, ob ich dir folgen kann."

„Wie viele vor mir, war auch ich auf der Suche nach einem Auge. Und deswegen musste meine Suche zunächst scheitern, so wie jede Suche zuvor. Denn der Schlüssel ist etwas anderes. Es ist eine Energie, gut behütet in den Worten eines alten Textes." Gorx machte eine kurze Pause und erklärte dann: „Sprache ist so viel mehr als die bloße Aneinanderreihung von Wörtern!"

„Der Schlüssel war in einem Text?"

„Ja. Und doch trägt er seinen Namen zu recht. Die Energie aus dem Text hielt mich für würdig, Träger des Schlüssels zu sein. Sie ging in mich ein, durchdrang mich und veränderte mich. Veränderte mein ... Auge. Ach, Rabak! Hätte ich doch nur mehr Zeit! Wären doch die Umstände andere! Es gäbe so viel zu erzählen."

„Gorx, wenn das hier zu Ende ist, dann habe wir alle Zeit der Welt."

„Nein, guter Freund, nein! Gerade Zeit ist das, was wir nicht haben. Ich wünschte, es wäre anders."

„Du darfst so etwas nicht sagen!"

„Es ist aber so. Und deshalb, Rabak, mein lieber Rabak! Nimm mein Auge an dich. Du musst es nehmen, bevor ich sterbe."

„Gorx!"

„Ich spüre, wie das Leben sich verabschiedet. Bitte, beeil dich."

Er sah die Tränen in Rabaks Augen. „Nicht doch, nicht doch", flüsterte er. „Es ist alles in Ordnung, wirklich. Alles ist gut. Es wird auch nicht weh tun."

„I... Ich ... Ich kann das nicht." Rabak wischte sich die Tränen weg.

„Du musst, mein Lieber. Du musst!"

Rabak trat näher an Gorx heran. Die Tränen strömten über seine Wangen, als sich die Finger um das Auge des Freundes kümmerten, der ihn, ohne die Mine zu verziehen, ansah. Gorx` Lippen formten wieder und wieder lautlos die Worte: „Es ist alles gut, es ist alles gut", bis Rabak schließlich das Auge des Freundes in der Hand hielt. Er verzog das Gesicht und in einem grausamen, stillen Schrei brach alle Verzweiflung aus ihm heraus.

„Was habe ich getan!" Er hielt sich die Hand vor den Mund.

„Nicht doch, Rabak, du hast richtig gehandelt", beruhigte Gorx.

„Nein, nein", Rabak schüttelte den Kopf. Die Tränen verschleierten seinen Blick.

„Mein treuer Freund. Du musst mir jetzt gut zuhören." Gorx lächelte Rabak aus seinem geschundenen Gesicht an. Seine Stimme wurde schwächer. „Jeder Spaltspiegel, auch der in diesem Raum, hat eine Stelle am Rahmen, an die das Auge gehalten werden muss. Erst dann öffnet sich der Spiegel. Aber hüte dich, ohne das Licht hineinzugehen, hörst du!“ Er hustete. „Nicht ohne das Licht. Die Dunkelheit dort ist sonst dein Untergang. Und nun geh zu dem Jungen und ... Oh ...“ Er stöhnte auf und spannte für einen Moment den Körper an.

„Ich danke dir für alles. Und nun geh und hole dir Kara zurück. Hilf dem Jungen. Beeil dich!“

Er blickte Rabak an. Sein Kopf kippte zur Seite und alle Anspannung verschwand.

„Gorx? Gorx!“ Rabaks Finger glitten sanft über die Wange des Freundes.

Plötzlich spürte er einen kurzen Schmerz. Auf seiner Handfläche zuckte der Augapfel, blickte aufgeregt hin und her und bohrte sich dabei langsam in die Haut. Als er schließlich so weit in der Handfläche versunken war, dass nur noch ein kleiner Teil des Augapfels herausschaute, wechselte die Farbe der Iris von braun zu einem dunklen Grün.

Entsetzt starrte Rabak auf seine Handfläche. Und das Auge starrte zurück.

„Ich muss mir das einbilden“, hauchte er. „Oder aber, ich werde verrückt.“ Er streckte die Hand aus und drehte sie umher. Nein, verrückt wurde er offensichtlich nicht. Er sah sich selbst, sah die Eltern der Vampirkinder, die es gerade mit einigen Wachwolfiren aufnahmen und am Ende des Raumes erblickte er sogar Wieland und Rufus, obwohl sie im Halbdunkel standen. Er drehte die Hand ein Stück weiter und erkannte den Spaltspiegel. Ein seltsam milchiger Schein umgab ihn und an einer bestimmten Stelle des Rahmens war dieses Leuchten besonders hell. Rabak wunderte sich, dass er dieses Schimmern zuvor nicht bemerkt hatte. Aber als er sich wieder auf seine eigenen Augen konzentrierte und zum Spiegel blickte, sah er, dass da kein Leuchten war. Der Spaltspiegel stand unauffällig im Halbdunkel. Nur das Auge in seiner Hand konnte den Lichtschein wahrnehmen.

Jemand packte ihn an den Schultern. „Alles in Ordnung?“

Rabak fuhr herum und blickte in Kais Gesicht. „Junge, hast du mich erschreckt!“

„Entsch... Was ist das?“ Kai zeigte auf Rabaks Hand. Dann fiel sein Blick auf den toten Gorx.

Rabak fasste Kai unterm Kinn, drehte sein Gesicht zu sich und sah ihn durchdringend an.

„Das hier“, flüsterte er und hielt Kai das Handauge hin, „ist der Schlüssel, den wir benötigen!“

„Das soll ... Aber wie ...“

„Erkläre ich dir später. Wir müssen irgendwie an das Licht kommen.“

Er spähte zu Wieland hinüber, der immer noch ruhig dastand, als betrachte er eine Zirkusnummer, die zu seiner Belustigung gegeben wurde.

„Hat er es noch in der Hand?“, fragte Kai.

„Warte.“ Rabak hielt das Handauge in Wielands Richtung. „Ja“, zischte er. „Ich kann es sehen!“

Er wich zurück. Per und Pelle zwängten sich zwischen ihm und Kai hindurch. „Vorsicht!“ Per drückte Kai ein Stück zur Seite und wich dem Speer eines Wolfirs aus. „Das ist kein guter Platz um ein Pläuschchen abzuhalten“, sagte er und verpasste dem Wolfir einen derart heftigen Kinnhaken, dass dieser hell aufheulte und davonstob.

„Warum seid ihr nicht bei den anderen?“ Er zeigte zu

einer Nische, vor der Gutta, Gangolf und Gerrith mit einigen Wachwolfiren kämpften.

„Wir haben den zweiten Schlüssel", sagte Rabak und hielt ihm die Hand entgegen.

Per zog die Brauen hoch und nickte. „Dann wollen wir mal dafür sorgen, dass wir auch an den anderen Schlüssel kommen, was?" Er fauchte und warf sich einem Wolfir entgegen, der auf sie zustürzte.

Kurt und Naomi hockten dicht beieinander auf dem Steinvorsprung und blickten auf den Kampf, der unter ihnen tobte.

„Wir müssen doch irgendetwas tun", krächzte Kurt und wich einem Speer aus, der neben ihm an die Mauer prallte.

„Was können zwei Vögel wie wir schon ausrichten?", antwortete Naomi und blickte besorgt in den Raum hinunter.

„Schau mal, dort!" Kurt stupste sie an und zeigte mit dem Flügel zu Rabak. „Was macht er da mit seiner Hand?"

Sie beobachteten, wie Rabak die Hand in die Luft hob und umherdrehte.

„Wenn mich meine Eulenaugen nicht irren, hat er etwas in der Handfläche." Naomi tapste einen Schritt vor. „Seltsam", sagte sie leise. „Er hat ein Auge in seiner Handfläche."

„Ein Auge?", wiederholte Kurt ungläubig. „Für Zaubereien ist jetzt nicht der richtige Zeitpunkt."

„Nein, nein. Mir scheint, das ist alles andere als Zauberei. Er hat etwas damit entdeckt." Sie folgte mit den

Blicken Rabaks Handbewegungen. „Sieh einer an! Jetzt weiß ich, wie wir helfen können!“ Sie legte den Flügel an Kurts Schnabel und drehte seinen Kopf ein Stück.

„Wieland hat das Licht!“ Kurt legte die Federn eng an den Körper. „Du hast recht, Naomi. Dies ist eine Aufgabe für wahre Könner. Und ich habe auch schon eine Idee.“ Er wandte sich zu ihr und flüsterte ihr etwas zu. Sie überlegte kurz und sagte dann: „So machen wir‘s!“

Mit ein paar kräftigen Flügelschlägen schwangen sich die beiden in die Luft und segelten über die Köpfe der Kämpfer hinweg auf Wieland zu, der mit einem zufriedenen Grinsen dastand. Unter der weiten Hutkrempe funkelte das feurige Rot seiner Augen. Er war so in das Geschehen vertieft, dass er die herannahenden Vögel nicht bemerkte. Als vor ihm ein Wolfir Henriette einen derart heftigen Schlag auf die Nasenspitze verpasste, dass diese grell aufjaulte und mit schmerzverzerrtem Gesicht davonstob, riss er die Arme hoch und lachte auf. Dabei krallten sich die Finger seiner rechen Hand fest um das Licht der Werwölfe.

Naomi sah Kurt an, der ihren Blick mit einem Kopfnicken erwiderte. Sie tauchte ab, schlug einmal kräftig mit den Flügeln und stürzte im Steilflug auf Wieland zu, während Kurt über dem Vampirhasser enge Kreise zog.

Als Naomi auf der Höhe von Wielands Kopf angelangt war, bremste sie den Flug ab. Sie streckte die Beine aus, bohrte die Krallen in die Krempe und riss Wieland den Hut vom Kopf. Im nächsten Augenblick flatterte sie vor sein Gesicht. Ihre Flügel klatschten an seine Wangen, die Krallen ratschten über die Haut und hinterließen tiefe, blutige Spuren. Und als hätte sie darum gebeten, ploppte für einen Moment ein zweiter Kopf neben dem ersten auf und beide hackten auf Wieland ein und stießen grelle, laute Rufe aus.

„W... Was ist denn ... Aua!“ Wieland wich zurück und schlug um sich.

„Verschwinde, blöder Vogel. Verschwinde. Aua!“ Er fuchtelte mit den Armen und versuchte, Naomi zu vertreiben.

Das war der Augenblick, auf den Kurt gewartet hatte. Er fixierte die Hand, in der Wieland das Licht der Werwölfe hielt und raste darauf zu. Wie ein Stein, der vom Himmel fiel, sauste er durch die Luft. Er fuhr die Krallen aus, bekam das Gehäuse des Lichts zu fassen und packte fest zu.

„Nanu!“ Wieland blickte überrascht auf, jedoch nur, um sogleich einen Schlag von Naomis messerscharfen Krallen zu kassieren, der eine tiefe Wunde unter dem Auge hinterließ.

Wieland brüllte auf. „Verdammt! Wie das brennt! Wie das brennt!“

Kurt spürte, wie Wielands Griff um das Licht schwächer wurde. Er spannte seine Krallen noch fester an, krächzte und bohrte seinen Schnabel in die Hand des Vampirjägers.

Wieland schrie vor Schmerz. Er ließ das Licht los und schlug wie von Sinnen um sich.

„Was ist bloß in euch gefahren, ihr verrückten Vögel“, rief er und versetzte Naomi einen heftigen Fausthieb, die daraufhin durch den Raum wirbelte.

Er streckte die Hand nach dem Licht. „Gib das her, du Mistvieh“, schnaubte er. Doch sein Griff ging ins Leere. Kurt flog bereits hoch über ihm und tauchte in die schützende Dunkelheit ein.

„Nein! Nein! Gib es mir zurück! Gib mir das Licht zurück!“ Wieland brüllte und versprühte Spucke dabei. „Wo ist dieser Drecksvogel? Wo?“ Seine Augen tasteten die Umgebung ab. „Du kannst mir nicht entkommen“, rief er.

Rufus fasste ihm an die Schulter und zeigte über die kämpfende Menge hinweg. „Dort, bei dem Jungen!“

Wieland setzte ein teuflisches Grinsen auf. „Sagte ich doch. Er entkommt mir nicht.“ Er wischte eine dicke Haarsträhne aus dem Gesicht, entriss einem vor ihm kämpfenden Wolfir den Speer und warf ihn mit voller Wucht in Kurts Richtung. „Fangt den Raben! Fangt den Raben und holt mir das Licht!“ Er packte einen Wachwolfir und stieß ihn vorwärts. „Los, steh hier nicht rum. Bring mir das Licht!“

Kurt hielt auf Kai zu. „Ich habe es! Ich habe es!“, krächzte er und ließ das Licht in Kais Hände fallen, als er aus dem Augenwinkel einen Schatten bemerkte; ein dunkles Etwas, das auf ihn zukam. Er hörte noch, wie Kai entsetzt „Achtung, Kurt!“ schrie, dann spürte er den stechenden Schmerz in seinem Leib. Die Wucht des Aufpralls riss den kleinen Körper von der Stelle und wirbelte ihn durch die Luft. Der Schmerz war das Einzige, was er nun fühlte. Er spürte, wie er einem Spielball aus Federn gleich durch die Luft kullerte. Doch er konnte seine Flügel nicht bewegen. Alles schien wie gelähmt. Sein Körper schlug auf den Boden auf und blieb liegen.

. . .

„Kurt!“ Kai blickte mit weit aufgerissenen Augen an die Stelle, an der sein Freund zu Boden gegangen war.

„Du kannst ihm jetzt nicht helfen.“ Rabak fasste ihn am Ärmel und zog Kai mit sich. „Komm, wir müssen uns beeilen. Komm, komm!“

Kai stolperte hinter ihm her. Sie drängten zwischen den Wolfiren, Werwölfen und Vampiren hindurch und rannten zum Spaltspiegel.

„Da leuchtet etwas, keuchte Rabak, während er mit ausgestreckter Hand die Stufen emporrannte, die zum Spiegel führten. „Das ist bestimmt die Stelle, an die das Auge gehört. Halte das Licht bereit!“

Rabak presste das Handauge an den Rahmen. Ein dumpfes, brummendes Geräusch ertönte. Es klang, als käme es aus einer endlosen Tiefe und für einen Augenblick bebte der Spiegel. Dies war der Moment, in dem Kai das Licht vor die Spiegelfläche hielt. Er sah die Nebelschwaden, die darin waberten und hell aufleuchteten, als das Licht sie beschien. Wie von einem Wind getrieben zogen sie dahin. Sie wurden schneller und immer schneller, wirbelten durcheinander und stoben schließlich in alle Richtungen auseinander, bis die Spiegelfläche leer war. Einzig und allein das Licht der Werwölfe spiegelte sich noch, doch dann leuchtete dessen Spiegelbild hell auf und verschwand. Alles wurde dunkel. Schwarz wie die Nacht. Nichts spiegelte sich mehr. Nicht der leblose Gorx, keiner der Kämpfer in dem Raum.

Kai sah über die Schulter zu Rabak, der ihm auffordernd zunickte, und berührte vorsichtig mit dem Zeigefinger die Oberfläche. Sein Finger glitt durch sie hindurch. Dabei spürte er eine Kälte auf der Haut, als ob er eine Schicht aus eiskalter Luft durchdrang. Er tauchte in das Nachtschwarz des Spiegels ein. Rabak löste das Auge aus dem Rahmen und folgte ihm.

„Nein!“ Wielands Schrei schnitt messerscharf durch den Raum, als er sah, wie Kai und Rabak sich am Spiegel zu schaffen machten. Er krallte die Finger in die Haare und riss an den langen Strähnen. „Sie dürfen auf keinen Fall entkommen! Haltet sie auf!“

Er stürzte die wenigen Stufen hinunter und raste auf den Spaltspiegel zu.

„Platz da! Verschwindet!“ Er stieß jeden zur Seite, der ihm den Weg verstellte. Als er den Spiegel fast erreicht hatte, verschwand Kai gerade im Dunkel der Oberfläche.

Wieland verzog das Gesicht zu einer Grimasse. Er packte einen Wolfir und riss ihn mit sich.

„Kümmere dich um den da“, rief er und zeigte auf Rabak, der die Hand vom Rahmen löste und den ersten Schritt hinter den Spiegel machte.

Wieland hechtete die letzte Stufe hinauf und griff nach Rabaks Arm. Doch sein Griff ging ins Leere. Ein Speer schoss an ihm vorbei und tauchte zischend in die Oberfläche ein.

In Wielands Gesicht pochte das Netz aus Adern und tiefe Zornesfalten gruben sich in die Haut. Ohne zu zögern machte er einen Satz und sprang in den Spiegel. Das Schwarz der Spiegelfläche veränderte sich. Nebelschwaden tauchten wieder auf. Es knackte und knisterte. Der Spiegel hatte sich wieder verschlossen. Wieland war nicht mehr zu sehen. Er war im Spiegel verschwunden.

11

HINTER DEM SPALTSPIEGEL

Vorsichtig setzten Kai und Rabak einen Fuß vor den anderen. Das Licht der Werwölfe leuchtete hell und tauchte das tiefe Schwarz einige Meter um sie herum in ein milchiges Licht.

„Wohin jetzt?“, flüsterte Kai.

„Keine Ahnung. Ich bin schließlich auch das erste Mal hier.“ Rabak hatte die Ohren aufgestellt und in seinen Augen spiegelte sich das Werwolfslicht.

Plötzlich trat etwas aus der Dunkelheit und kam auf sie zu. Es war eine Frau, deren Umrisse schimmerten, als ob sie von funkelnden Glühwürmchen umgeben wäre. Kai erschrak als er sie ansah, denn er konnte wie bei einem Geist durch sie hindurchsehen.

Die Frau ging unbeirrt an ihnen vorbei, streifte sie mit einem beifälligen Blick und schwebte davon. Sie steuerte auf einen Punkt zu, wo sich eine Öffnung in der Dunkelheit auftat, vor der Nebelschwaden ihre Bahnen zogen. Als die Frau darauf zuging, verzog sich der Nebel und gab den Blick auf einen Burghof frei, auf dem eine hochgewachsene Frau stand. Sie starrte gebannt auf einen Spaltspiegel und hielt die Hand vor den Mund, als ihr Spiegel-Ich auf sie zukam und aus dem Rahmen trat. Dann schloss sich der Spiegel wieder und alles war rabenschwarz.

Im selben Augenblick tauchte an anderer Stelle erneut ein Spiegel auf. Er zeigte einen Raum bei Kerzenschein, in dem sich ein großer, lederner Ohrensessel befand und an dessen Wänden Regale standen, die über und über mit Büchern vollgestopft waren.

„Das geht hier ja zu wie im Taubenschlag“, flüsterte Rabak. „Aber wieso steht da niemand vor dem Spiegel?“

Kai zuckte die Schultern. „Ein Spiegel-Ich ist auch noch nicht an uns vorbeigekommen.“

Sie warteten einen Moment, als plötzlich ein Wachwolfir vor den Spiegel trat. Er neigte den Kopf zur Seite und sah hinein. Dann trat er einen Schritt zurück und stach mit dem Speer auf den Spiegel ein. Kai und Rabak zuckten zurück, als das Metall auf die Glasoberfläche knallte.

Es knackte. Der Wolfir holte aus und stach abermals auf den Spiegel ein. Wieder und wieder sauste der Speer auf die Glasfläche nieder. Risse tauchten auf und zuckten über den Spiegel. Schließlich sprang das Glas in tausend Stücke und dort, wo eben noch der Wolfir gestanden hatte, war nur noch tiefes Schwarz. Anscheinend hatten Kai und Rabak gesehen, was an anderen Orten passierte, an denen Spaltspiegel standen.

„Wieder einer“, wisperte Kai und ging weiter.

Nach einigen Schritten spürte er Rabaks Hand auf

der Schulter. „Warte", zischte er. „Da ist etwas." Er hob das Handauge und hielt es in die Dunkelheit.

„Was ist?", fragte Kai und drehte sich zu ihm um.

„Wir sind nicht allein", sagte der Wolfir mit dunkler Stimme.

„Was sagst du da?" Kai streckte das Licht so weit es ging von sich. Doch selbst mit den Lichtlinsen in den Augen konnte er nichts anderes erkennen als die Dunkelheit, die sie umgab.

„Nein, nein." Rabak schüttelte den Kopf. „Unsere Augen sehen nicht, was ich hiermit sehe." Er bewegte das Handauge.

„Du machst mir Angst", flüsterte Kai.

„Keine Sorge." Rabak lächelte. „Ich sehe sie schon, seit wir hinter den Spiegel gegangen sind. Ich denke nicht, dass sie gefährlich sind."

„Sie? Wen meinst du damit?"

„Hin und wieder gehen sie an uns vorüber. Schemenhafte Gestalten. Durchscheinend wie Geister sehen sie aus." Er strich sich mit dem Zeigefinger über das Kinn. „Ich denke, es sind Spielge-Ichs."

„Aber warum sehe ich sie dann nicht?"

„Weil sie nicht hier sind. Zumindest nicht wirklich. Nicht in diesem Augenblick. Ich glaube, das Handauge kann sehen, wer hier vor einiger Zeit entlanggegangen ist." Rabak nickte, als ob er sich selbst bestätigen wollte. Er hob die Hand und blickte damit über Kais Schulter. „Jetzt ist die Gestalt weitergegangen."

„Ja? Wo war sie denn?"

„Genau neben dir. Aber jetzt geht sie dort hinten." Rabak zeigte links an Kai vorbei. „Und ... Ach, du meine Güte!"

„Was? Was, Rabak?“ Kai sah ihn mit großen Augen an.

„Da kommt noch ein Spiegel-Ich. Aber es sieht anders aus. Nicht so schemenhaft. Seine Umrisse sind viel deutlicher. Es ... Du glaubst es nicht!“ „Was denn? Rabak, bitte. Ich kann doch nichts sehen.“ Kai packte den Wolfir an der Schulter.

„Da ist sie!“ Rabak befreite sich aus Kais Griff. „Das rothaarige Mädchen! Deine Freundin! Kai, ich glaube, ich sehe sie!“ Er flüsterte, aber dennoch überschlug sich seine Stimme. „Sie spielt mit den Fingern in ihrem Haar. Und jetzt ... jetzt bleibt sie stehen. Komm, wir gehen näher ran.“ Er zog Kai mit sich.

„Sandra! Sandra!“ Kai stolperte hinter Rabak her.

„Hör auf so zu schreien“, sagte Rabak. „Sie kann dich nicht hören.“

„Was macht sie?“

„Sie steht einfach nur da und blickt sich um.“ Rabak stoppte. Seine Handfläche bewegte sich leicht. „Sie hat Angst. Die Arme hat fürchterliche Angst. Ich kann es in ihrem Gesicht sehen. Huch!“

„Rabak, was ist passiert?“

„Ups! Das ... Das sah jetzt wirklich seltsam aus.“

„Rabak! So sag doch, was los ist!“

„Sie ist gerade durch dich hindurchgegangen. Hast du es gemerkt?“

Kai zuckte zusammen. „N... Nein, habe ich nicht. Und wo ist sie nun?“

„Sie geht dort drüben lang.“ Rabak deutete an Kai vorbei. „Komm!“

Sie gingen in die Richtung, in die Rabak zeigte.

„Deine Freundin hat es sehr eilig“, sagte Rabak nach

einer Weile und wurde schneller. „Sie rennt und es sieht aus, als flöhe sie vor irgendetwas."

„Kannst du erkennen, wovor sie wegrennt?"

„Nein, aber ... Halt!" Rabak hielt abrupt an. „Wir sind ganz nah bei ihr. Sie steht vor uns." Er streckte das Handauge etwas weiter in die Dunkelheit. „Die Arme. Was hat sie bloß?"

Kai bekam große Augen. „Wieso?", fragte er. „Was macht sie denn?"

„Sie schlägt um sich, fährt sich hektisch durch die Haare. Da, jetzt sieht es aus, als schlage sie etwas von Armen und Beinen weg. Irgendein Tier oder so. Dabei ..." Rabak trat einen Schritt vor. „Ich kann beim besten Willen nichts erkennen. Da ist nichts auf ihrem Körper. Seltsam, sehr seltsam."

Er schaute Kai fragend an. „Macht sie so etwas öfter?"

„Nein." Kai machte eine abweisende Handbewegung.

„Oh!" Rabak riss das Handauge hoch. „Sie ist durch einen Spaltspiegel gegangen."

„Sie ist weg?"

„Ja."

„Das heißt, wir haben sie verloren." Kai ließ den Kopf hängen.

„Da wäre ich mir nicht so sicher. Schau!" Rabak zeigte auf das Licht in Kais Hand. Es leuchtete grell auf. Aus dem Gehäuse schwirrten kleine Lichtpünktchen heraus und schwebten auf eine Stelle in der Finsternis zu, an der sie sich sammelten. Einige Augenblicke später segelten sie kreisförmig auseinander. In ihrer Mitte wich das Schwarz und gab den Blick in einen Raum frei.

„I... Ist das echt, oder spielt uns das Licht etwas vor?", hauchte Kai.

„Frag nicht. Gehen wir rein, das ist vielleicht unsere einzige Chance!" Rabak schob ihn auf den Durchgang zu. Ein kühler Lufthauch umspülte ihre Körper, als sie durch den Lichtkreis hindurch in den Raum traten – in die Halle der Gefangenen Seelen.

12

SANDRA

Es knisterte. Kai und Rabak drehten sich um und blickten auf den Durchgang, den sie eben durchschritten hatten. Der Rahmen aus Licht löste sich auf. Die Leuchtpunkte vibrierten, schwirrten auseinander und schwebten zurück in das Gehäuse.

„Nun gibt es kein Zurück mehr“, flüsterte Rabak.

„Nein.“ Kai wandte sich um und ging einige Schritte. „Erkennst du, wo wir hier sind?“

Rabak holte zu ihm auf. „Das muss die Halle der Gefangenen Seelen sein“, murmelte er, während sie durch einen Torbogen in einen breiten Gang traten, der von Fackeln erhellt wurde, die an den Wänden steckten. Sie setzten vorsichtig einen Fuß vor den anderen, bis sie an einen Rundbogen kamen, aus dem ein dumpfes Licht drang. Rabak sah Kai mit seinen großen Augen an und legte den Zeigefinger an die Lippen. Er schob den Kopf langsam an die Öffnung heran und spähte hindurch. Kais Herz pochte bis zum Hals. Es schien ihm wie eine Ewigkeit, bis Rabak sich zu ihm drehte und nickte.

Sie durchschritten den Torbogen und kamen in einen großen Raum. Die dunklen Wände ragten so hoch, dass das Licht sie irgendwann nicht mehr erreichte. Es brannte keine Kerze. Nirgendwo loderte eine Fackel. Und doch war es nicht gänzlich dunkel. Ein seltsam bleiches Licht kam von oben herab und malte einen Teil des Raumes aus. Kai und Rabak schlichen an der Wand entlang und näherten sich der Stelle, wo das einfallende Licht einen Kreis auf den Boden zeichnete. Langgezogene Schatten durchschnitten das milchige Weiß. Kai und Rabak blieben abrupt stehen.

„Kara!“ Rabak riss die Augen weit auf und rannte los.

„Rabak, warte!“ Kai wollte ihn zurückzuhalten, doch sein Griff ging ins Leere. In der Mitte des Raumes schwebte Kara in der Luft. Doch sie war nicht allein. Neben ihr hing Sandra.

Die Köpfe der beiden waren leicht zur Seite geneigt und es sah aus, als wären sie in einen tiefen, festen Schlaf gefallen.

Kai holte zu Rabak auf und blieb neben ihm stehen.

„Was haben sie mit ihnen gemacht?“, flüsterte Rabak und wischte sich mit dem Ärmel über das Gesicht.

Kai fasste ihn an der Schulter. „Ich weiß es nicht. Aber wir haben sie gefunden. Wir haben sie tatsächlich gefunden.“

Er spürte, wie auch ihm Tränen über die Wangen kullerten und berührte mit dem Arm die Stelle seines Umhanges, wo Boris in der Tasche steckte. Er stellte sich vor seine Freundin, die kniehoch über dem Boden schwebte. Die Augen waren geschlossen. Ab und zu zuckten die Lider, erschien eine Sorgenfalte auf der Stirn. Dann war ihr Gesicht wieder glatt und entspannt. Ob sie träumte? Kai hob die Hand und strich ihr über die Wange. Die Haut war warm und weich. Als er sie berührte, bewegten sich die Augen hinter den geschlossenen Lidern. Er stellte das Licht der Werwölfe auf dem Boden ab, zog seine Freundin sanft zu sich heran und nahm sie in den Arm. Dann legte er sie vorsichtig auf den Boden.

Rabak tat es ihm gleich. Als er Kara in den Armen hielt und sachte neben Sandra legte, sah er sie mit großen, glänzenden Augen an und ein Lächeln umspielte seine Lippen. Kai durchzog eine wohlige Wärme, als er Rabak dabei beobachtete. Wie sanft er seine Frau berührte und wie viel Liebe sein feines Lächeln ausdrückte.

„Kai, wo ist es?“, fragte Rabak ohne den Blick von Kara zu nehmen.

Kai ließ die Hand in die Tasche seines Umhanges gleiten. Die Finger umschlossen das Kristallfläschchen und er zog den Saft der Trügerischen Trautelbeere hervor.

„Hier“, flüsterte er. „Das Drauga.“

Rabak nahm es entgegen. „Möchtest du zuerst?“, fragte er.

„Oh nein, danke.“ Kai winkte ab. Er dachte an die fatale Wirkung, die der reine Saft der Trügerischen Trautelbeere auf Menschen hatte.

„Gut, ganz wie du meinst. Ich werde dir genug Drauga übrig lassen.“ Rabak kniete sich neben seine Frau. „Kara, meine liebe Kara!“, flüsterte er und gab ihr einen Kuss auf die Stirn. „Gleich haben wir uns wieder.“ Vorsichtig hob er ihren Kopf an und träufelte etwas Drauga auf die Lippen, die sich fast unmerklich bewegten, als die Flüssigkeit sie berührte. Dann reichte er Kai den Flakon und zog Kara ganz dicht an sich heran. „Ich bin da", flüsterte er immer wieder. „Ich bin bei dir, mein Schatz."

Kai ließ den Blick kurz auf Rabak und Kara ruhen, dann wandte er sich Sandra zu. Er riss sich ein Haar aus und tauchte es in den Flakon. Sofort änderte der Saft die Farbe und leuchtete in einem hellen Orange. Dann setze er das Fläschchen an Sandras Lippen und ließ den Saft langsam in ihren Mund gleiten.

Weiß. Alles weiß. Dieses reine, angsteinflößende Weiß. Mit weit aufgerissenen Augen blickte sie sich um.

Diese Enge. Diese bedrückende Enge.

Da! Ein Schatten! Wie eine Hand mit ausgestreckten Fingern seilte er sich herab und setzte auf dem Weiß auf.

Nicht. Nicht! Geh weiter!

Diesmal kroch er also von oben heran.

Sie machte sich klein. So klein sie konnte.

Behäbig krabbelte der dunkle, beharrte Körper näher. Er hatte Zeit. Alle Zeit der Welt.

Sie zitterte.

Die acht langen Beine tasteten über das weiche Weiß. Die Beißwerkzeuge waren nun direkt über ihr. Sie konnte es genau erkennen.

Bitte nicht!

Ihr Mund war staubtrocken vor Angst.

Wie riesig die Spinne war. Wie schwarz.

Wie eine dunkle Gewitterwolke baumelte sie drohend über ihr.

Sie wich zurück. Kauerte sich zusammen.

Plötzlich durchbohrten die Beißwerkzeuge das Weiß.

Sie schrie auf. Ihr Atem ging kurz und stockend.

Wieder und wieder bohrten sich die spitzen Beißzangen durch das Weiß.

Sie wollte schreien, doch kein Laut verließ ihre Kehle. Stattdessen spürte sie eine Flüssigkeit auf ihrer Zunge. Sie spuckte aus, doch sofort war die Flüssigkeit wieder da. Es wurde mehr. Einiges davon rann ihr den Hals hinab. Sie musste schlucken.

Vor ihren Augen verblasste alles. Der dunkle Körper wurde heller. Er verschmolz mit dem Weiß, das nicht mehr dasselbe war. Es wich einem Nebel, in dem alles versank.

„Sandra? Sandra!"

„Nicht so hastig, mein Freund." Rabak schmunzelte Kai an. „Gib ihr etwas Zeit. Das Erwachen ist anstrengend."

Kai nickte und sah in das Gesicht der Freundin.

„Sie hat alle Zeit der Welt", flüsterte er. „Ich bin so froh, dass wir Kara und Sandra gefunden haben, Rabak."

Rabak verzog die Lefzen zu einem Lächeln. „Ich auch."

Da erstarrten seine Gesichtszüge. Die Augen wurden weit.

„Rabak?"

Kai sah, wie der Freund seine Frau langsam aus den Händen gleiten ließ.

„Was ist mit dir?"

Der Blick des Wolfirs ging ins Leere. Tränen füllten die Augen.

Kai legte Sandras Kopf sachte ab.

„Sag doch was! Was hast du?"

Er ergriff Rabaks Arm. Wortlos sank der Freund in seine Arme. Kai hielt ihn fest und schaute in sein erstarrtes Gesicht. Da spürte er etwas Warmes an den Fingern. Er sah auf seine Hand, die auf Rabaks Brustkorb lag.

„Nein!" Er starrte fassungslos auf das Blut an seinen Fingern. Dann sah er das Messer, das in Rabaks Brust steckte.

„K... Kai." Rabak griff nach Kais Hand und hielt sie so fest er konnte. „Bring Kara hier raus. Versprich es mir."

Kai beugte sich näher an Rabak heran. „Aber Rabak ..."

„Nein, nein. Keine Zeit. Wir wissen beide, dass ..." Er verzog das Gesicht vor Schmerz. „Hilf meiner Kara hier raus, bitte." Er hustete. „Und sag ihr, ich werde nie die Mondnacht vergessen. Kannst du das für mich tun, Kai?"

Kai blickte ihm tief in die Augen und nickte. „Du wirst es ihr selbst sagen können, mein Freund."

Rabak verzog die Lippen zu einem Lächeln. Er wusste es besser. Er strich dem Freund über die Wange. Dann schwand das Leben aus seinen Augen.

Im selben Augenblick löste sich vor Kais Augen das Messer auf, das in Rabaks Brustkorb gesteckt hatte. Es zerfiel zu Staub, der zu Boden rieselte.

„Rabak! Rabak!" Kai schossen die Tränen in die Augen.

„Ups!" Aus dem Dunkel löste sich eine Gestalt und trat in den Lichtkreis.

Kai fuhr herum. „Sie?"

„Bist du erstaunt, mein kleiner Freund?"

Kai griff nach dem Licht der Werwölfe und erhob

sich. „Nennen Sie mich nicht ihren kleinen Freund, Sie Mörder", zischte er.

„Aber, aber. Welch scheußliches Wort." Wieland schnalzte mit der Zunge.

„Ich möchte es einmal so ausdrücken: Es ist wesentlich einfacher, mit dir allein fertig zu werden, als mit euch Zweien." Er zeigte mit einer abfälligen Handbewegung auf Rabak. „Man könnte sogar sagen, dass dein seltsamer Freund hier einen guten Abgang hatte. Er suchte schon so lange nach seiner Frau. Das Letzte, was er berührte, war ihr Körper; das Letzte, was er sah, war ihr Gesicht. Was will er mehr?"

Kai und Wieland standen sich wie zwei Raubtiere gegenüber.

„Und nun? Wollen Sie mir auch ein Messer in die Brust jagen?"

„Ts, ts, ts. Meinst du wirklich, ich entledige mich deiner auf so einfache Weise?" Wieland tat einen Schritt auf Kai zu, doch der wich zurück. Sie umkreisten einander. „Nein, ich habe etwas viel Besseres für dich als so ein gewöhnliches Messer. Und ich freue mich jetzt schon auf das Spektakel." Er lachte auf. „Aber wir haben Zeit. Viel Zeit. Ist das nicht schön? So können wir uns mal richtig unterhalten."

„Ich habe Ihnen nichts zu sagen. Und ich will Ihren Hirnmüll nicht hören. Allein von Ihrer Stimme wird mir übel. Ich verachte Sie!"

„Hirnmüll. Was für ein herrliches Wort. Sagt man das heute so?" Wieland klatschte belustigt in die Hände. Dann wurde seine Stimme finster. „Du verkennst deine Lage." Auf eine betont gekünstelte Art blickte er sich um. „Ich sehe hier niemanden, der dir helfen könnte. Oder haben sich deine Vampirfreunde hinter den Säulen versteckt?" Er tat so, als habe er einen plötzlichen Einfall und legte kurz den Zeigefinger auf die Lippen. „Ach nein, das ist ja unmöglich." Er tat erleichtert. „Vampire kommen ja nicht hier herein. Das gilt auch für Tagvampire wie deine Großmutter. Und die Wolfire und Werwölfe sind weit weg. So weit weg." Er machte eine Pause und sagte dann: „Du bist allein auf dich gestellt, mein Lieber."

Kai biss sich auf die Lippe. Wieland hatte recht. Er war dem Vampirhasser ausgeliefert und er fragte sich, was Wieland gegen ihn auffahren würde. Eine Waffe? Die dunkle Magie der Hexe Cylinda Catyll? Und was konnte er dagegensetzen? Das Einzige, was er bei sich trug, war das Licht der Werwölfe. Ob es ihm helfen würde? Doch was könnte das Licht gegen den größten Vampirjäger aller Zeiten ausrichten? Kai schluckte. Er versuchte so gut es ging, sich auf das Licht zu konzentrieren, sprach in Gedanken zu ihm, flehte um Hilfe. Und er schickte seine Gedanken noch in eine andere Richtung und hoffte, dass sie bemerkt wurden.

Wieland ging zu Rabak, packte ihn am Kragen und hob ihn mit einer Hand hoch. Er hielt ihn an die Stelle, wo eben noch Kara gehangen hatte und ließ ihn los. Wie von unsichtbarer Hand gehalten schwebte er in der Luft.

„Sie mal einer an, da ist der Schlüssel ja", sagte er und griff nach Rabaks Hand, in der das Auge saß. Er drehte sich zu Kai und sagte: „Entschuldige, aber ich muss mich beeilen, sonst schwindet die Kraft aus dem Auge." Er bohrte seine Finger in Rabaks Hand. Als Wieland seine Hand zurückzog, hielt er das Auge zwischen den Fingern.

„Hätte ich geahnt, wie nah ich dem Schlüssel die

ganze Zeit über war.“ Wieland hielt sich das Auge dicht vor das Gesicht und betrachtete es eindringlich. „Gorx hätte sich viele Schmerzen ersparen können.“ Er lachte, holte weit aus und legte das Auge auf die Innenfläche seiner anderen Hand. Langsam sank es in Wielands Haut. Der Vampirhasser verzog keine Mine, als das Auge in seine Hand eindrang.

„Wunderbar!“, flüsterte er und umstrich den Augapfel mit dem Zeigefinger. Dann richtete er den Blick auf Kai und sagte mit düsterer Stimme: „Nun fehlt mir zu meinem Glück nur noch der zweite Schlüssel.“ Er streckte den Arm aus und zeigte auf das Licht der Werwölfe. „Los, gib es mir!“

Kai wich zurück. Er krallte die Finger stärker um das Licht und schüttelte den Kopf.

„Oh, Junge.“ Wieland spielte mit großer Geste Enttäuschung vor. „Wir können das jetzt in die Länge ziehen. Aber letztendlich wirst du mir das Licht geben, das wissen wir doch beide. Du kannst mir nicht entkommen.“

„Niemals“, zischte Kai, obwohl er keine Ahnung hatte, wie er Wieland aus der Halle der Gefangenen Seelen entkommen sollte. Er blickte dem Vampirjäger tief ins Gesicht, als er sah, wie sich dessen Augen weiteten.

„Was machst du da mit dem Licht?“

Kai hob die Hand, in der er das Licht hielt und nahm den Blick von dem Vampirhasser.

Das Licht leuchtete im Gehäuse auf und kroch wie ein Nebel zwischen den filigranen Knochen heraus. Den Fingern einer langen, dürren Hand gleich schwebten die Schwaden aus dem Gehäuse und hingen zwischen Kai und Wieland in der Luft. Dort verharrten sie für einen Augenblick. Es blinkte und zuckte im Nebel. Doch dann setzte sich das Licht in Bewegung. Es zog sich auseinander, drehte einige Runden um Kai und Wieland und stob dann in die Dunkelheit davon.

Wieland streckte die Hand nach ihm aus. „Nein!", brüllte er, aber das Licht war verschwunden.

„Was hast du getan?" Wielands Augen glühten. Er riss den Mantel herum und kam langsam auf Kai zu. „Das wirst du bereuen!"

Kai wich zurück. Er blickte sich ängstlich um und hoffte, dass irgendwo aus der Dunkelheit das Licht angeflogen käme. Wieland hatte ihn bereits bis an den Rand des Lichtkreises gedrängt, als er plötzlich etwas an seinem Körper spürte. Es packte ihn und hielt ihn fest. Kai blickte über die Schulter und sah einen Spiegel, der im Halbdunkel stand.

„Der Spiegel ist nur für dich." Wieland blieb stehen und grinste. „Ich wollte eigentlich noch etwas damit warten. Aber jetzt ist genauso gut wie jeder andere Zeitpunkt auch."

Kai wollte weglaufen, aber er konnte seine Beine nicht bewegen. Bei einem weiteren Blick zum Spiegel sah er, dass Nebelschwaden daraus hervorkamen und auf ihn zu krochen. Sie umschlangen seine Beine, schlängelten sich die Schenkel empor und umhüllten schließlich seinen ganzen Körper. Kai schlug um sich und wollte die Schwaden vertreiben, doch je heftiger er die Arme bewegte, desto dichter wurde der Nebel. Er hörte wie Wieland „Sehr gut! Sehr gut!" rief, als er einen starken Ruck spürte. Kai stemmte sich dagegen, aber der Sog war zu stark. Stück für Stück zog es ihn zum Spaltspiegel.

Schon berührte er den Rahmen. Um nicht zu fallen, setzte er einen Schritt zurück in den Spiegel und spürte die Kälte an seinem Bein, als es in die Oberfläche eintauchte. Die Hände krallten sich fest. Die Fingernägel schabten kratzend über das Holz. Auf einmal spürte er eine Berührung am Rücken. Er blickte über seine Schulter und sah in das Gesicht seines Spiegel-Ichs, das hinter ihm stand und die ausgestreckte Hand gegen seinen Rücken presste. Es legte den Zeigefinger der anderen Hand auf die Lippen und drückte Kai scheinbar mühelos aus dem Spiegel heraus. Sie traten aus dem Rahmen und entfernten sich vom Spiegel. Schließlich ließ der Sog nach und versiegte. Die Nebelschwaden, die eben noch dicht gewesen waren, wehten auseinander, lösten sich auf und Kai und sein Spiegel-Ich standen Wieland gegenüber, der sie stumm ansah. Eine Weile herrschte unheimliche Stille.

„So, so", sagte Wieland finster. „Ich weiß nicht, wie du das geschafft hast. Aber es wird dir nichts nutzen." Er griff in die Innenseite seines Mantels und zog ein Messer hervor. „Zwei von deine Sorte sind eindeutig zu viel." Er holte weit aus. Das Messer blitzte auf, als plötzlich ein langgezogenes Heulen durch den Raum gellte. Wieland hielt abrupt inne. Das Heulen ertönte erneut. Es klang wie das eines Wolfes und doch schwang etwas Fremdartiges darin mit. Ein Brummen, als flösse Strom. Ein Knistern, wie von elektrischer Spannung.

Wieland blickte in die Richtung, aus der das Heulen kam und sah einen riesigen Wolf. Doch das, was dort auf ihn, Kai und das Spiegel-Ich zuraste, war kein gewöhnlicher Wolf aus Fleisch und Blut. Es war ein Wolf aus gleißend hellem Licht. Er näherte sich mit weiten Sprüngen, riss das Maul auf und bleckte die Zähne, zwischen denen kleine Blitze zuckten. Er rannte zwischen Kai, dem Spiegel-Ich und Wieland hindurch und als ob ihnen jemand mit der Faust gegen die Brust geschlagen hätte, wurden sie weggestoßen.

Wieland taumelte, fasste sich jedoch gleich wieder. Er wischte eine Haarsträhne aus dem Gesicht und starrte auf den Wolf, der ihn mit seinen Blicken fixierte als wäre er eine willkommene Beute.

„Was willst du? Meinst du, ich habe Angst vor dir? Pah!" Er sprang zur Seite, packte das Spiege-Ich und hielt ihm das Messer an den Hals. „Einen Schritt weiter und es ist um ihn geschehen!"

Der Wolf stand regungslos da. Ein tiefes Knurren kam aus seinem Rachen. Das Licht knisterte und funkelte und floss wie auf unsichtbaren Bahnen über den Körper.

Wieland stöhnte auf und begann zu zittern, als sei sein Körper unter Hochspannung. Der Arm, mit dem er das Spiegel-Ich festhielt, bebte. Zuerst hoben sich die Finger, dann langsam die ganze Hand von der Schulter des Spiegel-Ichs. Wieland hielt mit aller Kraft dagegen und verzog sein Gesicht vor Anstrengung zu einer Grimasse. Er brüllte ein langgezogenes „Nein!", und sein Arm schnellte zur Seite und gab das Spiegel-Ich frei, das zu Kai rannte und sich neben ihn stellte.

Der Wolf machte einen Schritt auf Wieland zu, der das Messer fallen ließ und ihm die Hand mit dem Auge entgegenhielt.

„Ich sehe dich." Wieland verzog den Mund zu einem Grinsen. „Ihr Zwei gehört zusammen, das Auge und du. Erkennst du es nicht? Nicht ich bin dein Feind. Die Zwei dort sind es."

Der Wolf ging näher auf Wieland zu.

„Ja“, sagte Wieland. „So ist es gut. Du und das Auge. Komm zu mir, ich bin dein wahrer Herr.“

Jetzt stand der Wolf direkt vor ihm.

„Ich sehe dich“, flüsterte Wieland. „Ich sehe deine wunderschönen Farben. Deine Energie. Deine Kraft. Komm! Komm zu mir! Nutze deine Macht. Diene mir!“, versuchte Wieland dem Wolf zu schmeicheln.

Der Wolf hob das Bein und legte die Pfote auf das Handauge. Es knisterte und zischte, als ob kaltes Wasser auf Lava trifft. Wieland zitterte am ganzen Leib. Die Handfläche leuchtete auf und nach ein paar Sekunden zog der Wolf die Pfote zurück.

Der Vampirjäger taumelte. Er verzog das Gesicht und umfasste das Handgelenk. Das Blut pochte im Netz aus Adern, das sich auf seinem Kopf abzeichnete. Es pulsierte so stark, dass es aussah, als bewege sich die Kopfhaut.

„Schwarz. Alles schwarz!“ Wieland streckte das Handauge von sich. „Du hast den Schlüssel zerstört! Das wirst du mir büßen!“ Er raufte die Haare und schmiss ein Büschel langer Strähnen auf den Boden. „Ich werde einen anderen Weg finden, um die Vampire zu vernichten. Oder glaubt ihr im ernst, diese Spaltspiegel seien meine einzige Waffe?“ Als er zu Ende gesprochen hatte, wurde das Surren und Knistern des Wolfes lauter. Das Tier riss das Maul auf und gähnte. Zwischen den Reißzähnen knallten die Blitze wie Peitschenhiebe. Dann knurrte es dunkel und kam langsam auf Wieland zu. Ohne den Blick von dem Lichtwolf zu nehmen wich Wieland zurück.

„Du jagst mir keine Angst ein. Du nicht!“, zischte der Vampirhasser und seine Augen glühten noch röter als sonst. Er trat aus dem Lichtkreis und tauchte ins Halbdunkel ein, als er plötzlich innehielt. Sein Körper erstarrte. Er blickte über die Schulter nach hinten. „Oh, nein!", hauchte er und sah sich hektisch um. Dicke Strähnen fielen ihm ins Gesicht, die er hastig wegwischte. Er trat einen Schritt vor, wurde jedoch zurückgerissen. Er breitete die Arme aus und krallte die Hände so fest an den Rahmen des Spaltspiegels, dass die Nägel brachen. Der dicke Nebel hatte ihn bis zum Hals verschluckt und floss nun über das Gesicht bis nur noch die roten Augen zu erkennen waren. Wieland versuchte, die Schwaden wegzupusten, aber der Nebel wurde nur noch dichter. Schließlich brüllte Wieland auf und verschwand in dem Spiegel.

Schwarz überall. Unendliches, tiefes Schwarz. Er tastete blind umher, machte einen unbeholfenen Schritt nach dem anderen. Wo war er? Er blieb kurz stehen und lauschte. Doch da war nichts. Nur diese ungeheure Stille. Sie tat weh, diese Stille. Sie tat weh, weil sie nichts preisgab und so unergründlich war.

Auf einmal wurde alles weiß. Als hätte jemand das Licht eingeschaltet. Und dennoch war es, als wäre er blind. Er konnte nicht erkennen, wohin er geraten war. Überall war nun dieses ewig gleiche Weiß.

„Hallo?" Seine Stimme zitterte. „Hallo, ist da jemand?" Seine Worte wurden verschluckt, als hätte er sie in Watte gesprochen.

In der Ferne tauchte etwas auf. Erst sah es aus wie dunkle Punkte, die sich langsam auf ihn zubewegten. Dann erkannte er, dass es Personen waren, die sich näherten. Sie waren alle vollständig in Schwarz gekleidet. Ein Lächeln umspülte seine

Lippen. Vielleicht wussten sie ja, wo er sich befand und wie er von hier wieder fortkam. Die erste Gestalt war bis auf wenige Meter an ihn herangekommen und blieb dann stehen. Er wollte ihr gerade etwas zurufen, als seine Stimme versagte.

„Du?", flüsterte er nach einer Weile und seine Stimme zitterte.

Nun gesellten sich auch die anderen Gestalten hinzu.

„Das kann nicht sein", zischte er. „Das ist unmöglich."

In der Ferne sah er weitere Gestalten, die auf ihn zusteuerten. Sie stellten sich zu den anderen und bildeten einen Halbkreis um ihn.

Er schüttelte den Kopf. „Was wollt ihr alle von mir? Geht! Geht weg!"

Er versuchte, einen Schritt zurückzutreten, doch irgendetwas hielt ihn fest.

Er und die Gestalten standen sich schweigend gegenüber.

Er blickte in ihre ausdruckslosen Gesichter und spürte, wie sein Herz raste.

„Mutter ... Geysira ... Wie kann das sein?"

Sein Atmen ging schnell.

Er zeigte auf einen Mann. „Du ... Du bist doch der Vampir, der mich seinerzeit wegen meines Aussehens verhöhnte, bevor ich ihn niederstrecken konnte."

Er fuhr sich durchs Haar und sein Blick fiel auf eine weitere Person.

„Magister Marquart! Sie haben nie eine Möglichkeit ausgelassen, mich an der Universität bloßzustellen. Was um alles in der Welt macht ihr alle hier?"

Schweiß trat auf seine Stirn.

Das Schweigen der Gestalten wurde unerträglich.

„Sagt doch etwas. Irgendetwas", rief er.

Das verhärmte Gesicht seiner Mutter weckte schmerzhafte

Kindheitserinnerungen.

Der kalte Blick Geysiras stach wie ein Messer in sein enttäuschtes Herz.

Diese Ruhe machte ihn wahnsinnig.

Plötzlich hoben alle den Arm und zeigten auf ihn.

Für einen Moment standen sie einfach nur da. Dann lachten sie. Lachten laut.

Er hielt sich die Ohren zu. „Hört auf, hört auf", rief er, doch das Lachen wurde nur noch lauter. Es hallte wie Donner in seinen Ohren und trieb ihm die Tränen in die Augen. Dabei merkte er zunächst nicht, dass seine Füße nicht mehr den Boden berührten und er in der Luft schwebte …

Schlagartig war alles ruhig. Stille breitete sich aus. Die Oberfläche des Spiegels glättete sich und sah wieder wie die eines gewöhnlichen Spiegels aus. Letzte Nebelfetzen lösten sich um den Rahmen herum auf. Nichts erinnerte mehr an das, was eben geschehen war.

Ein leises Schluchzen ließ Kai schließlich herumfahren. Kara saß auf dem Boden. Sie hielt Rabak in den Armen, schaukelte mit dem Oberkörper langsam vor und zurück und weinte. Kai ging zu ihr, kniete sich neben sie und legte den Arm um ihre Schulter. Dabei flüsterte er ihr Rabaks letzte Worte ins Ohr, ganz so, wie er es dem Freund versprochen hatte.

Kara sah ihn an und nickte. Ihre Augen waren vom Weinen geschwollen.

„Die Mondnacht", flüsterte sie. „Ja, ich erinnere mich gut daran." Sie strich Rabak über die Wange. „Es war der schönste Augenblick meines Lebens." Kara lächelte Kai an und machte eine auffordernde Kopfbewegung. „Sieh, sie wacht auf."

Kai ging zu Sandra und umarmte sie. „Endlich", flüsterte er. „Endlich bist du wieder da."

„Mein Kopf." Sandra richtete sich mit Kais Hilfe auf. „Wo bin ich?"

Sie rieb sich über das Gesicht und entdeckte Kara. „Was ist hier geschehen?"

„Das ist eine längere Geschichte. Kannst du aufstehen?" Kai fasste ihr unter die Achseln und half ihr vom Boden hoch.

„War es sehr schlimm hinter dem Spaltspiegel?"

Sandra blickte ihn an. „Es war fürchterlich, ja. Ich ..."

„Du musst es mir nicht erzählen, wenn du nicht möchtest."

„Später, Kai. Okay?" Sie umarmte ihn. „Ich danke dir, dass du mich da rausgeholt hast."

Sie sah ihm über die Schulter und riss sich los. „Was ist das?", rief sie und zeigte auf den Lichtwolf.

Kai lächelte sie an. „Das Licht der Werwölfe. Es hat geholfen, dich und Kara zu befreien."

Sandra atmete erleichtert aus und blickte sich um. „Wo sind wir hier?"

„Das ist die Halle der Gefangenen Seelen", sagte Kai.

„Die Halle? Wir sind in der Halle?" Kara beugte sich vor und gab Rabak einen Kuss auf die Stirn. „Du hast es bis hierher geschafft, um mich zu finden. Oh, Rabak." Sie legte seinen Kopf behutsam auf den Boden, richtete sich auf und trat zu Kai und Sandra. „Wird euer Wolf uns helfen, herauszukommen?", fragte sie.

„Ich könnte durch den Spaltspiegel gehen, aber ihr ...“, sagte das Spiegel-Ich.

„Da bekommt mich niemand mehr hinein, das sage ich euch“, entgegnete Sandra.

Kai stupste das Spiegel-Ich an. „Nee, nee. Du bleibst schön bei mir.“

Das Spiegel-Ich lachte. „Dachte mir schon, dass du diese Idee nicht gut finden würdest. Aber keine Sorge. Wir sind uns zu nahe gekommen. Ich kann nicht mehr anders, als mich mit dir wieder zu vereinigen, selbst wenn ich es nicht wollte. Spürst du diese Verbindung zwischen uns denn nicht?“

Kai wusste, was sein Spiegel-Ich meinte. Seit sie im Spiegel aufeinander getroffen waren, spürte auch er diese starke Verbindung, der er sich nicht widersetzen konnte.

Plötzlich hörten sie ein klirrendes Geräusch. Sie fuhren herum und sahen im Lichtkegel ein Glitzern und Funkeln. Spiegelscherben tauchten auf und schwirrten in der Luft. Sie schwebten umher, spielten eine helle Melodie, wenn sie aneinanderstießen und setzten sich langsam zusammen. Aus den Scherben formte sich der Körper von Wieland von Wünschelsgrund. Als auch die letzte Scherbe mit einem leisen Klick ihren Platz gefunden hatte, schwebte er regungslos im Lichtstrahl und warf einen langgezogenen Schatten auf den Boden.

Kai blickte schweigend zu ihm. Das Knistern des Wolfes riss ihn aus seinen Gedanken. Der Wolf neigte den Kopf zur Seite, drehte sich um und ging einige Schritte. Mit einem Blick nach hinten vergewisserte er sich, dass ihm Kai und seine Freunde folgten.

„Soll ich ihn tragen?“, fragte Kai, als Kara Rabaks Körper vom Boden aufhob und in die Arme nahm.

„Nein, danke. Das mache ich selber."

Kai verstand. Er lächelte ihr zu, nahm Sandra bei der Hand und sie folgten dem Lichtwolf in die Dunkelheit.

13

DAS NEUE LEBEN

„War es eigentlich sehr schmerzhaft?"

Kai fuhr zusammen, als Kurt plötzlich auf seiner Schulter landete. Ihm tat noch alles weh und die Haut war empfindlich.

„I wo, überhaupt nicht. Er stieg in den Spiegel, kam mir daraus entgegen und als wir voreinander standen, löste er sich in eine Art nebelartige Energie auf, die zu mir floss. Sie umhüllte mich, drang in mich ein und schon war ich wieder mit meinem Spiegel-Ich vereint"

„Ach, das war dieses seltsame Schimmern?"

„Kurt, du hast mir hinterherspioniert?"

„Spioniiiert, welch drastisches Wort." Kurt räusperte sich. „Ich habe dich interessiert beobachtet."

Kai grinste. Er hatte noch immer das Gefühl, dass ein anderer, ein zweiter Kai in ihm war. Immer, wenn er an sein Spiegel-Ich dachte, sah er es vor seinem inneren Auge und es tauchten Bilder auf, die keiner seiner Erinnerungen entsprangen, sondern Erlebnisse des Spiegl-Kais zeigten. Doch früher oder später würden sie zu einem Teil von ihm werden. Und das Gefühl, dass da noch jemand anderes in ihm war, würde verblassen. Zumindest hatte Antonio das gesagt.

Die Wohnzimmertür wurde geöffnet und Sandra betrat den Raum. Sie ging zu Kai und reichte ihm einen Becher heißer Milch mit Honig.

„Danke", sagte Kai und wich zurück, als Sandra sich nah zu ihm beugte.

„Lass doch mal sehen", sagte sie.

„Ist alles wie immer", antwortete Kai und zeigte ihr seien Hals. Dann entblößte er die Zähne. „Siehst du, sie sind wie früher."

„Tatsache. Wahnsinn. Ich wäre ja gern dabei gewesen."

„Nein, wärst du nicht, glaube mir. Es war schon schwierig genug, Gerrith dazu zu bewegen, mich noch mal zu beißen. Der hat sich vielleicht angestellt!"

„Das habe ich gehört!", rief Gerrith aus einer anderen Ecke des Zimmers, wo er mit den Vampireltern und Gangolf stand und sich mit einigen Werwölfen unterhielt.

„Aber dann kam das Marterweh", fuhr Kai fort. „Alles Vampirische musste wieder aus mir heraus. Das brauche ich nicht nochmal." Er schüttelte den Kopf.

„Das glaube ich gern", sagte Sandra, griff nach einem Becher vom Tisch neben ihr und nahm einen Schluck tibetischen Tee. Er war heiß und herrlich bitter, ganz so, wie sie ihn am liebsten mochte. „Du hättest dich auch anders entscheiden können, Kai"

„Natürlich, aber ich wollte Tagvampir werden." Kai grinste breit. „Ich find‘s cool, echt."

Sie gingen zu den anderen hinüber, wo Pelle Tonya

gerade seine Armwunde zeigte. „Dank des Lichts fast schon nicht mehr zu erkennen, siehst du?"

„Seien wir froh, dass nichts Schlimmeres passiert ist", sagte Gesine von Greifendorf und beäugte interessiert Pelles Wunde.

„Ein wirklich freundliches Licht", krächzte Kurt. „So etwas hätte ich gern in meinem Nest."

„Vergiss es!" Tonya lachte. „Das kommt jetzt wieder dahin, wo es hingehört." Sie beugte sich zu Kurt und flüsterte: „Außerdem kenne ich einige vom Bund der Verbrüderung, denen das überhaupt nicht gefallen würde."

„Kommt mal alle raus! Wir haben ein Nordlicht am Himmel!", rief Gangolf auf der Terrasse.

„Ein Nordlicht? In unseren Breiten? Welch seltenes Schauspiel!" Antonio riss den Umhang herum und eilte zu Gangolf nach draußen.

„Wartet auf mich! Das habe ich ja seit 67 nicht gesehen, als der große Wettbewerb im Rückenrutschen der Rabenvögel in Lappland ausgetragen wurde." Kurt schwang sich in die Luft und flatterte aus der Terrassentür ins Freie.

Nach und nach traten alle in den Garten und bestaunten das Lichtspiel am Nachthimmel. Nur Kai blieb im Wohnzimmer zurück. Er ging zum Tisch und schenkte sich heiße Milch mit Honig nach. Genüsslich schlürfte er die Milch, ging an die Terrassentür und sah zu den anderen hinaus. Alle waren da, um Sandras und seine Rettung zu feiern. Alle. Selbst Kara war gekommen. Kai musste an Rabak denken und merkte, wie ihm die Tränen in die Augen traten. Und noch jemand fehlte. Johanna.

Er wischte mit dem Ärmel übers Gesicht. „Alles Gute,

ihr Zwei. Wo immer ihr nun auch seid", flüsterte er und ging ein Stück in den Garten, bis er an einer alten Eiche angelangt war. Er nahm einen Schluck Milch und ließ die Blicke in den Nachthimmel gleiten. Über ihm nur die Sterne. Und das wilde Spiel des Nordlichtes.

AUTOR

Hagen Röhrig, geboren 1967 in Pinneberg, lebt in Weinheim an der Bergstraße. Studium der Anglistik und Geographie in Heidelberg; Abschluss mit einer Magisterarbeit über Vampirismus. Studienaufenthalte in Glasgow, Schottland. Tätigkeit als Deutschlehrer und Flugbegleiter.

H. Röhrig schreibt Artikel, Kurzgeschichten, Märchen und Geschichten für junge und jung gebliebene Menschen.

http://www.hagenroehrig.de

© 2020 Hagen Röhrig

http://www.hagenroehrig.de

Alle Rechte vorbehalten

Zeichnungen: Quentin Schalk

Umschlaggestaltung: Katharina Roestel, Berlin

(http://www.littlebluebox.de)

Amazon Media EU S.a.r.l., 5, Rue Plaetis, 2338 Luxemburg

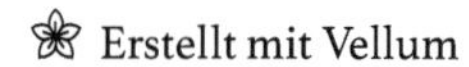

Printed in Poland
by Amazon Fulfillment
Poland Sp. z o.o., Wrocław